DIVINA

GABRIEL JUBÉ

[primeira edição]
URUTAU
julho de 2024

O —

editora Urutau

rua do cajú, 478,
jardim das cerejeiras
06724-015
cotia-sp (brasil)

avenida peirao besada, 6 – 2D
36163 poio-pontevedra
(espanha)

[+351] 928053619 [portugal]
[+55] 11 95608 8983 [brasil]

www.editoraurutau.com.br
contato@editoraurutau.com.br

[EDITORES]
tiago fabris rendelli & wladimir vaz
[COORDENAÇÃO DE REVISÃO]
debora ribeiro rendelli
[REVISÃO]
marcella sarubi
[DIAGRAMAÇÃO]
victor h. azevedo

dados internacionais de catalogação na publicação (CIP) de acordo com ISBD

	Jubé, Gabriel
J91d	Divina / Gabriel Jubé. - Cotia : Urutau, 2024. 164 p. ; 14cm x 22cm.
	ISBN: 978-65-5900-761-5
	1. Literatura brasileira. 2. Prosa. I. Título.

CDD 869.985
2024-2023 CDU 869.0(81)

Elaborado por Odilio Hilario Moreira Junior - CRB-8/9949

sumário

Para Marcionilia Maria da Conceição,
sem quem não estaríamos aqui hoje

pessoas deviam poder evaporar
quando quisessem
não deixar por aí
lembranças pedaços carcaças
gotas de sangue caveiras esqueletos
e esses apertos no coração
que não me deixam dormir
PAULO LEMINSKI

Tem que morrer pra geminar
Plantar n'algum lugar
Ressuscitar no chão nossa semeadura
GILBERTO GIL

UM TÚMULO SEM LÁPIDE

Os mortos não têm voz. Era o que minha mãe dizia toda vez que eu, voltando da escola, congelava em frente ao velho portão enferrujado desse cemitério. E foi o que ela repetiu ontem, tantos anos depois, para finalmente me convencer a acompanhá-la. A não ser que você mexa com eles, os falecidos ficam quietinhos onde estão.

Os túmulos na entrada ainda me dão calafrios, mas foi melhor ceder. Ainda mais depois dela ter passado a semana inteira ligando e insistindo. Não se deixa ninguém sozinho por tanto tempo, ainda mais alguém como ele, que viveu para a família. Falava isso sempre que visitava o *box* onde guardamos seus pertences depois que Natã, o meu avô, adoeceu; e o guarda-coisas continua até hoje lotado, porque esse homem era um acumulador de carteirinha, que armazenava de lições antigas dos filhos a recibos de pinga. E também porque minha mãe ainda não conseguiu se desfazer de nenhuma das memórias do pai. Se algo foi escrito, nunca deve ser perdido, era o mantra do meu avô, que ela repetia do outro lado da linha. Deixa de drama, Dona Elizabete, eu respondia minha mãe, fazendo questão de realçar o apelido que meus tios lhe deram ainda na infância, para caçoar da suposta seriedade da irmã. Mas, no fim do dia, me sentia culpada, imaginando-a em meio a montanhas de fotos, vales de cadernos, rios de velhas provas de tecido. O pai dela tinha falecido há apenas três meses. E, por mais que eu desejasse, uma perda dessas não se supera tão cedo.

Dona Elizabete fica brava quando digo que meu avô morreu dois anos antes do câncer de fígado levá-lo. Tive certeza no dia em que ele caiu no quintal e fui ajudá-lo a se trocar. Abaixei as calças dele, tomadas de barro das nádegas até o meio das coxas, sem imaginar que a terra úmida não era a razão do mau cheiro que eu sentia. A fralda estava vazando havia um bom tempo, e ele sequer havia notado. A demência consumira aquele homem forte, parrudo e dono de uma risada que ocupava cada cômodo da casa, e restava só uma casca com a aparência de antes, agora enrugada. De certa forma, tudo que veio depois — exames, papinhas, almofadas antiescara, semanas sem sair da cama — foi só um jeito de adiar o inevitável. Todo mundo diz que esse é meu lado mais seco que biscoito velho falando. Mas ninguém me viu agachada em frente àquela fralda cheia de fezes, chorando desesperada porque, embora a alma do homem que eu amava já tivesse partido, o corpo de meu avô ainda estava lá, com uma assadura feia entre as nádegas, que eu não tinha como controlar por não saber onde diabos estava a pomada.

Natã, ao me ver chorando, ficou assustado. Puxou minha cabeça para cima pelo queixo, secou minhas lágrimas com seu dedão gordo e áspero. Não chora, Divina, disse numa voz de passarinho que revela um segredo.

Quando contei essa história no velório, a principal suspeita era a de que Divina fora uma das várias namoradas que meu avô teve ao longo da vida. Foi só na saída do cemitério que tio Bento matou a charada. Em frente ao velho portão enferrujado, o primogênito de Natã vasculhava os bolsos do paletó atrás das chaves do carro quando uma lembrança estalou em sua cabeça. Divina era a mãe de meu avô.

* * *

Maria Divina Reis, um ponto cego na família. Em parte porque ela morreu cedo, antes mesmo de Natã conhecer a esposa, no caso minha avó. E também porque meu avô, único que podia falar qualquer coisa sobre ela, não gostava de se lembrar do passado. Uma pequena informação aqui, um detalhe ali: peças perdidas de um quebra-cabeça eram tudo que eu tinha. Até por isso, dei de ombros quando descobri que Natã me chamara pelo nome da própria mãe. No fim da vida, todo mundo pede pelos pais, concluí sem dar mais importância àquele momento.

Foi com surpresa então que outro dia, enquanto hidratava o cabelo, uma memória pipocou na minha cabeça. Tinha nove anos e estávamos os dois em seu velho sítio, eu aninhada aos pés do meu avô. Ele fumava um charuto na cadeira de balanço enquanto eu, de barriga para baixo na ardósia da varanda, lia um livro de princesas. Virei uma página para saber qual era o destino da donzela inocente quando a mão dele se acomodou no meu cocuruto. Começou um cafuné, os dedos se perdendo entre meus cachos enquanto ele observava o sol se derreter em azul e laranja sobre a terra vermelha.

Você tem o cabelo da minha mãe, Natã suspirou indo e vindo na cadeira.

Às vezes me esqueço disso por causa da minha pele, tão branca que, mesmo com protetor solar fator sessenta, eu fico queimada feito camarão após alguns minutos no sol. Mas o cabelo crespo da minha família, tendendo para o anelado dependendo do humor, veio dessa pessoa que nunca conheci. A mulher cor de brigadeiro, era como meu avô a chamava. Divina, a única negra numa família branca. Seria ela um ponto cego mesmo? Ou era só eu que não estava escutando quando ele falava sobre ela?

Minha mãe destranca o cadeado de titânio que custou uma fortuna. Bem antes de Natã morrer, quando enterramos minha avó, os coveiros avisaram que tínhamos de temer os vivos, que invadiam o cemitério à noite para roubar. Pelo sim ou pelo não, pareceu melhor proteger o jazigo da família com aquele trinco importado de Israel, supostamente inquebrável. A pesada porta de metal se desenrola rangendo. É a primeira vez que entro nesse pequeno e escuro mausoléu erguido sobre os restos dos nossos antepassados, onde me chama a atenção os azulejos de quarenta anos brilhando como novos. Descubro que uma pessoa de confiança tem a chave do cadeado e entra ali toda semana para lustrar e limpar cada rejunte.

Depositamos um vaso de flores em frente à foto do meu avô, aquela na qual ele ergue uma caipirinha de uva verde. Mamado, mas feliz. Como gostaria de ser lembrado, era o veredito geral quando aquele instantâneo foi escolhido para ilustrar a lápide. Logo abaixo do nome, o epitáfio que ele mesmo escolheu anos atrás.

> "Nada tenho
> Nada pode me ser tirado
> Eu sou o ex-estranho
> o que veio sem ser chamado
> e, gato, se foi sem fazer nenhum ruído."

A maior polêmica após a sua morte era se aquele epitáfio não seria bizarro demais, talvez um Salmo qualquer fosse mais de bom gosto. Mas, no fim das contas, venceu a opinião de que era melhor respeitar o desejo de Natã, um homem sem estudo formal, que aprendeu a ler e a escrever sozinho, e sempre defendia que devíamos devorar livros se quiséssemos ser melhores que ele. Não era justo ignorar nem seu amor por Leminski, muito menos as palavras que ele escolhera para resumir a própria vida, ainda mais quando combinavam perfeitamente com a pose embriagada da imagem póstuma.

Sou envolvida por um cheiro ácido e doce, picolé na praia em pleno cemitério. Dona Elizabete termina de cortar um limão e me estica a outra metade. Ela trouxe um saquinho inteiro para desenferrujar as lápides. Vai começar pela segunda fileira, aquela finalizada pela plaquinha do meu avô, e diz pra gente se encontrar no meio. Começo por uma tia-avó sem foto da qual nada sei, e espremo o sumo por cada letra, número, estrela e cruz de bronze, que voltam a brilhar à luz do sol entrando pela porta aberta. Desço até o último retângulo da minha fileira: um primo que morreu atropelado dias antes de completar dez anos. Não me lembro dele, mas vejo como se fosse ontem o choque da família com a notícia, e me dou conta que até hoje tomo o maior cuidado para atravessar a rua por causa do trauma que ficou do acidente.

Mas e Divina? O que carrego dela além do cabelo? E onde ela está se seu nome não se vê em nenhuma das fileiras?

Minha mãe também fica curiosa. Espreme o cenho com força, até lembrar que ela faleceu antes do jazigo ser construído. Está lá fora, em algum lugar que ela julga lembrar onde é.

Saímos do mausoléu. Paramos na pracinha da alameda principal, aquela com a fonte azul-esverdeada sempre seca. Dona Elizabete dá algumas voltas em torno do próprio eixo, até encontrar ao longe a velha roseira já morta. Conta um, dois, três, vinte passos, chega no terceiro jazigo de uma fileira de túmulos, mas não acha Divina, embora ela devesse estar ali. Olha ao redor, se embrenha nos outros corredores de tumbas, mas ainda não a encontra.

Passamos a tarde perseguindo Divina. Perguntamos a cada um dos funcionários, mas eles também não se lembram da lápide que estamos procurando. Chegamos a questionar se de fato está ali, mas registros do cemitério não deixam dúvida: ela descansa naquele solo há mais de meio século, só não se sabe onde. Minha nuca já está encharcada de tanto andar para cima e para baixo quando o grupo dos tios vem ao resgate. O túmulo de Divina, aquele revestido com azulejos portugueses verde-água, fica mesmo no lugar onde minha mãe procurou pela primeira vez, perto da entrada principal, entre um banco de madeira e a fileira de palmeiras.

Voltamos ao terceiro túmulo a vinte passos da roseira morta e percebemos que nunca iríamos encontrá-la. Um vazio retangular nos ladrilhos, delimitado pelos buracos onde parafusos existiram muito tempo atrás, deixa a pedra sem identificação. Impossível saber o que aconteceu com a lápide. Provável que tenha sido roubada, ninguém sabe quando ou como, a administração do cemitério não consegue ter controle de todos os furtos, e já fazia um tempo que ninguém ia visitá-la para dar falta.

Divina, o ponto cego da família. Aquela que passou décadas sem ninguém para cuidar de seu jazigo. Teria meu avô se esquecido de compartilhar a responsabilidade sobre ela? Ou foi só nós que fomos vivendo, e, no meio do caminho, a deixamos para trás?

Passo a mão sobre o túmulo. O pó se estende uniformemente sobre a pedra, sem indicar diferença entre o vazio da lápide e o todo. Abaixo dos meus dedos, pequenos círculos roxos. Procurando por Divina, esqueci de lavar o limão da pele.

DESTERRO

Às vezes queria esquecer. Nascer de novo, ser outra pessoa, em outro corpo, outro lugar, outro tempo. Só assim para eu não ter essa maldita ânsia de vômito toda vez que sinto cheiro de cebola. Já tentei não respirar, encher a boca de água gelada e até morder fósforo, mas não adianta, assim que o fio da faca desce pelo bulbo, aquele ranço acre empapa meu nariz feito gordura em dia frio. Um embrulho no estômago. Não vou dar conta mesmo de cozinhar. Digo que elas podem comer a salada como quiserem, mas por favor não ponham cebolas no resto da comida. Saio apressada da cozinha, e atrás de mim a ruivinha, aquela com menos de uma semana de casa, cabelo crespo e dois círculos de sardas embaixo da bochecha, reclama que o almoço vai ficar sem gosto, e as moças que ficam para trás mandam ela esquecer o assunto. Se é assim que ela quer, assim vai ser, diz a que debulha o milho. Não se indisponha a troco de nada, completa a que tempera galinha com açafrão. Mas a ruivinha não se dá por vencida. Todas lá gostam de cebola. Quem é ela para nos dizer o que fazer?

A dona da casa, responde a que corta melancia para sobremesa.

Alcanço o quintal e as vozes das mulheres ficam para trás. A brisa abafada corre pelo rosto e seca o suor da testa. Sempre fico mais calma aqui, rodeada pelo cheiro vivo das cascas das árvores, agarrando a terra vermelha com os dedos dos pés, ouvindo o farfalhar do córrego na ribanceira. O canto da água passeando pelas pedras é a mesma música que eu escutava quando era um cotoco e passava o dia inteiro desenhando meu futuro na beira do rio. Casas cachorros filhos filhas príncipes princesas dragões desembestavam de uma vez só na ponta do meu dedo e ficavam gravados na terra pra sempre, até que o rio lançasse uma onda e levasse meus sonhos embora, e deve ter sido aí, quando vi meus desenhos sumirem por causa de um capricho da água, que aprendi que a vida não é, nunca foi e nunca será justa para alguém como eu, porque aquela destruição era também uma lembrança de que eu tinha que carregar no coco uma bacia d'água cheinha-cheinha de volta para o único lugar onde não queria estar. A casa de Mãinha. Enlouqueci ou esse quintal lembra mesmo aquele lugar? Não, as sombras das árvores que brincam de se esconder em cima da minha cabeça não têm nada a ver com aquele descampado tomado por palha e uma ou outra abóbora mirrada, que teimou em sobreviver só pra dar a ilusão de que alguma coisa podia prosperar naquele pedaço de terra, tão perto do rio e ao mesmo tempo tão seco, tão morto.

Estranho. Nunca fui babona assim pra ter lembranças a troco de nada. Isso e nojo de cebola devem ser coisa da idade. Se voltasse no tempo, não ia dar conta de fazer tudo que a menina que eu já fui um dia teve que fazer. A coluna craquelada da velha que sou hoje não ia dar conta de viajar uma semana inteira na carroceria de um caminhão de cebola como a menina viajou. Hoje eu talvez combinasse um valor com o motorista pela carona e iria com ele na cabine, sem ter que usar as sacas como travesseiro para dormir, como colchão no qual eu me deitava com aquele homem para pagar a viagem, como a única coisa que eu tinha para forrar o estômago durante sete dias e sete noites, que fizeram meus ossos cheirar a cebola. Mas ao contrário da menina, eu não estaria preocupada em perder todo o dinheiro que tinha, a entrada para comprar um terreno numa cidade nova a mundos de distância costurada em um pano dentro do vestido, porque eu sei que essa loucura de sair sozinha e sem mapa pela estrada vai dar certo, que a menina vai virar dona da própria casa, a sua vida vai melhorar como ela queria, e, quem diria, ela vai até ter dinheiro pra parar de vender o corpo toda noite pra um monte de velhos inhaquentos que a tratam feito peça pechinchada de carne na vitrine do açougue. Mesmo assim, se pudesse, passaria uma borracha nessa viagem até o coração do mundo, que acabou com a menina sendo deixada no meio da praça daquela cidade recém-construída, se é que dava para chamar de cidade uma fazenda rodeada por casas pela metade e bosta de cavalo por inteiro no chão, uma vilinha de nada que queria ser capital, onde a menina chegou tão morta de medo e tão fedendo a cebola que daquele momento em diante ela ia ter um piripaque incontrolável toda vez que o cheiro aparecesse, e de que adianta ser dona do próprio negócio se não dá pra ser dona do próprio corpo?

O nó no estômago afrouxa. O almoço pronto. Entro e vejo todas já ao redor da mesa. Entre uma garfada e outra, converso com elas sobre os preços da noite, até que algo no céu da boca me impede. Uma fina película se agarra ao meu dente, como seda que cobre plantas. Desenrolo-a com a ponta da língua e sinto um gosto amargo, que vou reconhecer até depois de morta. Escavo meu prato, encontro uma minúscula canoa branca e rajada boiando no caldo marrom do feijão. Uma cebola. Picada em milhares de pedacinhos para se disfarçar, mas com o mesmo cheiro da carroceria do caminhão no qual a menina nunca devia ter entrado. Corro até a pia e vomito. Um silêncio toma conta do almoço, e, quando pergunto quem fez aquilo, as moças ficam ainda mais silenciosas, até que a ruivinha de sardas não se aguenta e começa a desabafar. Achou que eu não ia perceber se estivesse cortada fininha, foi assim que o filho dela aprendeu a comer cebolas. Ela implora meu perdão, não tem onde cair morta e manda dinheiro para seu menino, se agacha aos meus pés, e no meio de sua cabeleira crespa e vermelha vejo de novo a menina que eu fui ao fim da viagem, encontrando o cliente que prometera um terreno naquela cidade-fazenda rodeada de merda, o mesmo lugar onde anos depois uma casa estará erguida e uma prostituta vai implorar perdão à cafetina por colocar cebola na comida, e o cliente da menina, depois de entregar o dinheiro combinado, mas antes de dispensá-la, lhe dá um conselho, pura cortesia segundo ele, eu devia aprender a me lavar, nenhum homem ia querer se deitar com uma pretinha cheirando a cebola, e o jeito que aquele velho branco e barrigudo arrotou tais palavras, não imaginando ou não se importando que todas as vezes que subia em cima de mim, bigorna esmagando meu peito, me obrigava a tapar o nariz pra não sentir o cheiro de estrume dele, aquele sorriso despreocupado, de quem sabe que ele sim tem direito a feder, deixa claro para a menina que aquele homem podia se deitar, fazer promessas, até mesmo negociar com ela, mas o respeito dele, não, isso nem em um milhão de anos ela teria. A menina vai se afastar agradecendo o conselho e, quando tiver certeza absoluta que ninguém mais está olhando, vai se ajoelhar na terra seca e vermelha, a mesma que segundos atrás me acalmou ao entrar no espaço entre os dedos, e vai chorar, tão forte, tão desesperada, tão sozinha e por tanto tempo, que embaixo dos seus olhos o chão vai ficar com o mesmo cheiro de quando a chuva cai.

Levanto a ruivinha do chão. Seco suas lágrimas, mando ela parar com aquilo. Essa não é uma casa onde um destino vai ser decidido por algo tão miúdo e mesquinho quanto meus problemas. Sento-a à mesa e, fazendo um esforço para acalmar as outras moças, deixo claro que não é assim que se fazem as coisas na casa de Divina.

RETALHOS

Desde aquele dia no cemitério, tenho o mesmo sonho. Acordo na sala de um apartamento que não é meu. Fica no primeiro andar de um prédio rodeado por copas de árvores, crescendo tão descontroladas que seus galhos se projetam para dentro pelas janelas. Ouço o som de duas pessoas no quarto ao lado. Vou até lá, abro a porta e vejo um homem branco se levantar da cama e puxar as calças, enquanto uma mulher negra se limpa no colchão. O homem vai embora me atravessando como se eu fosse uma cortina, o tronco dele invadindo minha espinha, rompendo minhas costas. Meu queixo treme. A mulher, por sua vez, continua sentada de costas para mim, impassível, parada, deixando o sol que atravessa os galhos das árvores aquecer o corpo nu. Ela nem precisa se virar. Eu sei que jamais verei sua face.

* * *

Divina foi primeiro prostituta, depois cafetina. Se não chegava a ser segredo na família, era, se muito, curiosidade, compartilhada em almoços de domingo quando, em meio à disputa pelos últimos pedaços de frango assado, um tio ou primo soltaria essa informação levianamente, na forma de uma piada. Uma criança, crescida o suficiente para entender o que isso significava, abandonaria a briga pela maior asinha e perguntaria como ninguém contou aquilo antes. Uma tia viria da cozinha, com o pudim em mãos e explicando que isso já fora dito várias vezes. Você que nunca prestou atenção. Antes dos primeiros goles de café, o assunto acabava. A cena se repetiria de tempos em tempos, até que a última criança finalmente entendesse algo que só podia ser contado assim, num misto de despreocupação e superficialidade.

Venho pensando cada vez mais nesses almoços de família. E também na nova lápide da minha bisavó, encomendada poucas semanas depois que eu e Dona Elizabete descobrimos seu túmulo. Um retângulo de cobre, com ramos de oliveira dourados e sem data de nascimento, pois ninguém sabia quando era seu aniversário. Sempre que eu a visitava, aquele espaço em branco jogava na minha cara o quanto a mãe do meu avô, a mulher de quem puxei os cabelos, ainda era um mistério.

Pouco depois de começar a ter o sonho, me ofereci para ajudar minha mãe a catalogar os pertences de Natã no velho box lotado. Queria saber se ali, em meio a pilhas de documentos, eu poderia encontrar algo, qualquer coisa que ajudasse a resgatar Divina. Comecei também esse registro, na esperança de que, com sorte, teria um texto de valor ao fim do processo. Dona Elizabete, sempre cética com meus inacabados projetos de escrita, não entendeu o porquê da empreitada. Ao contrário do pai, que amava um dedo de prosa, ela sempre acreditou que histórias não eram nada mais que mentiras bem contadas.

Foram semanas de pesquisa em meio a tudo que Natã guardou ao longo da vida, de boletins escolares dos filhos a pedidos de metros de seda da sua loja, sem encontrar nada, uma menção sequer a Divina. Quando nos levava para pescar, Natã dizia que não tinha sido criança como os netos. Lutando para cansar um peixe, brincava que um dia brotou da terra feito planta, crescido e pronto para a vida. Às vezes eu achava que, com aqueles papéis, meu avô queria continuar contando essa história.

Daria para dizer que uma obra do acaso deu início à minha investigação. Depois de um tempo sem achar nada, abri um livro de contas minúsculo e esquecido em um canto qualquer, e lá estava ela, uma foto que se lançou ao chão após anos espremida entre duas páginas. Nela, um homem que só reconheço como meu avô por causa do queixo proeminente, como uma estátua da Ilha de Páscoa. Não só nunca vi uma imagem de Natã tão moço, como também nunca o vi com essa expressão, a de um sorriso que nasce a contragosto, mas se lança com malícia travessa à câmera. Ele está apoiado nas grades com flores de ferro no topo, as mesmas que conheço desde que me entendo por gente. Aquela é a fachada da sua loja de tecidos, espaço que para mim sempre se confundiu com a figura dele. Estranho também as roupas: meu avô, que odiava trajes formais, usa um terno claro, com pelo menos três dedos sobrando nos punhos. Chuto que ele queria impressionar alguém, mesmo não sabendo exatamente como.

Viro a foto. No verso, um bilhete:

A Didi bateu essa foto. Achei que você ia querê-la. Com amor, Cebola. Cocos – Bahia. Agosto de 1967.

* * *

Bato na porta dos fundos de uma casa de muro amarelo, a três quarteirões da Igreja Matriz de Cocos. Foram dois dias de viagem até essa pequena cidade onde todos se conhecem, razão pela qual, perguntando nos bares da praça central, descobri rápido o endereço de um senhor que, se não era conhecido pela alcunha de Cebola, viveu em Goiânia mais ou menos na época da foto. Bato outra vez, mais forte. As netas do homem que vim encontrar disseram que eu podia insistir, o avô já estava com a audição fraca e costumava se perder por horas e horas fazendo crochê. Pela basculante semiaberta, percebo um vulto sentado ao fundo da sala escura. Ele se levanta e anda na minha direção. No caminho, fica cada vez mais nítido. É tão magro que os ossos parecem querer rasgar a velha, mas elegante camisa listrada, e pesados óculos pendem no pescoço por um barbante. Quando abre a porta, consigo distinguir o rosto tomado por sardas e um cabelo ruivo, crespo e farto apesar da idade.

Apresento-me e mostro a foto, que arrisco — ou melhor, espero — ter sido ele quem mandou para meu avô. O senhor de cabelo ruivos a observa por um longo tempo, suficiente para me fazer revirar incomodada na cadeira. O rangido da madeira o desperta. Ele seca a testa e liga um ventilador de mesa sem a tampa da frente, com fitinhas coloridas que vão sacudir no ar durante toda a nossa conversa. Toma um gole de água e diz que, quando criança, a mãe lhe ensinara a comer cebolas disfarçando-as na comida. Por essa razão, as mulheres da casa onde ela trabalhava lhe deram esse apelido. Aponta a fachada com flores de ferro e diz que aquela é a casa para onde se mudou quando tinha mais ou menos dez anos. Aquela é a casa onde a mãe trabalhou, e onde ele viveu até o início da vida adulta. Aquela é a Casa de Didi, diminutivo de Divina, que batera aquela foto no dia em que comemorou cinquenta e um anos.

Ouço uma buzina do lado de fora. Levanto da cadeira, peço um copo de água, minha boca está seca. O senhor me serve, senta em sua cadeira de balanço. Pede que eu o chame de Cebola mesmo, é bom voltar a ouvir esse nome. Movendo as agulhas por entre os dedos calejados como casca de árvore, volta a tecer a manta da filha recém-nascida de uma amiga. Explica que sempre trabalhou com costura, e pretende continuar até o dia em que morrer. Dá o primeiro ponto e por fim pergunta o que quero com ele.

Conto meu projeto de recuperar a história de Divina. Ele ri. Alto. Até então, sua voz era tão baixa que eu precisava me inclinar para ouvi-lo direito. Mas agora ele fala dois ou três volumes acima do tom, com força suficiente para ser escutado do outro lado da sala quando diz que não entende como Divina poderia ter sido esquecida, se ele lembra dela quase todo dia.

MÚSICA

De dia, nenhum homem quer ser visto em casa de puta. Na cabeça de Divina, era a única explicação para terem largado aquela caixa, que chegava à altura de seu peito, no meio da cozinha e não no salão principal, onde a entrega deveria ser feita. Pulou a soleira da porta e escalou num fôlego só o pequeno morro que nascia dos fundos da casa, a mesma subida que quarenta anos depois seria cimentada e transformada numa garagem, na qual os carros precisavam ser estacionados com pedras nos pneus para não deslizarem em direção ao córrego. No topo do barranco, atravessou o portão de latão, viu os entregadores virando a esquina e, quase sem ar, berrou mandando eles voltarem. Os malcriados só apertaram o passo e sumiram antes de serem notados. Fosse de noite, com certeza implorariam para entrar naquela casa.

Deu meia-volta em direção à cozinha, apoiando os pés nos calombos de terra para não cair, enquanto se perguntava se fora sorte ou azar comprar um terreno tão íngreme em pleno Planalto Central. Tudo bem que aquele grande sobrado tinha lá suas vantagens. Ficava na dobra de um quarteirão, de forma que a entrada principal dava boas-vindas ao segundo andar, onde estava a casa de tolerância propriamente dita: ao cruzar o portão de ferro, com lanças das quais brotavam flores, qualquer um podia ver o caminho de pedras, rodeado por palmeiras, azaleias e alpinias; sentar-se nas namoradeiras e cadeiras de balanço da varanda; molhar a garganta no barzinho do salão principal; ou ir para os quartos, onde se dava a atividade que de fato pagava as contas da casa. O primeiro andar, por sua vez, maior e incrustado na base do terreno, era acessado do outro lado da quadra, pelo portão de latão. Descendo em linha reta, alcançava-se o quintal, tão grande que só terminava na mangueira à beira do córrego. Antes de chegar às árvores, virando em uma esquina ao fim da ladeira, entrava-se na cozinha, e dali para a sala de estar e os quartos, que foram usados primeiro só pelas mulheres da casa, depois por elas e seus filhos quando Divina chegou à conclusão de que o lugar era grande o suficiente para acomodar crianças. Mas, se por um lado era perfeita essa divisão entre dois andares, o de cima onde se trabalhava e o de baixo onde se vivia, por outro, certas questões, como o transporte de uma caixa pesada entre eles, eram um inferno.

Quando chegou à cozinha, Divina encontrou um batalhão de mulheres alimentando o fogão de lenha e crianças forrando a grande mesa que se esticava pelo cômodo. Para muitas que trabalhavam naquela casa, era quase impossível acordar na hora do café da manhã, e jantar nunca era certeza. Por isso, faziam questão de comerem juntas ao meio-dia, para lembrar que não eram apenas colegas de trabalho, mas que seus filhos também dividiam teto, histórias e almoços. Quando viu aquele monte de gente picando batatas e espremendo laranjas, Divina foi logo pedindo ajuda.

Três meninas na base da encomenda, duas segurando o topo, uma orientando, sabe-se lá quantas dando pitaco: assim a caixa foi transportada pela escada de azulejos azuis que lembravam as ondas do mar. Passos em sincronia aqui, o baú quase escapando na hora de levantá-lo por cima do corrimão, alguém xingando ao pisar em um caminhãozinho esquecido no degrau. Tem que mandar a criançada guardar os brinquedos, vai que uma pessoa tropeça e causa uma tragédia?!

Uma hora, a comitiva chegou ao salão principal. Para surpresa geral, a encomenda estava intacta. Divina, que já subira com uma faca de carne a tiracolo, cortou as cordas que selavam a caixa. As paredes de madeira desmontaram no chão, revelando uma mesinha de mogno com um pesado gramofone prata soldado no topo. Um burburinho tomou conta do espaço, algumas garotas falavam que nunca tinham visto um daqueles ao vivo, outras queriam saber a serventia do aparelho.

Divina tirou um disco da gaveta do móvel, encostou a agulha na superfície de cera. A flor de metal preto no topo pigarreou e começou a entoar o que ela julgava ser um sambinha do Rio, não tinha certeza, a encomenda viera da Capital Federal e o bolachão era cortesia. Mesmo que o som criado a mais de mil quilômetros de distância fosse quase estrangeiro, a empolgação foi tanta que a dona da casa abriu uma exceção à regra de não misturar os dois níveis do sobrado. As mulheres carregaram o almoço e os filhos para o andar de cima e comeram com os pratos e as crianças nos colos, ouvindo por horas a fio aquele mesmo sambinha. Podia sair de uma máquina, mas parecia que pandeiros e cavaquinhos estavam ali, logo à frente de Cebola, que naquele dia escutou música gravada pela primeira vez na vida. Já Divina passou a tarde inteira em jejum, observando a cena e imaginando o ar de sofisticação que a casa ganharia agora que tinha um dos poucos gramofones da cidade.

* * *

Assim que Cebola terminou de contar essa história, corri para a pousada e digitei em um fôlego só tudo que acabara de ouvir. Finalizo o último parágrafo e me dou conta que tempos depois meu avô herdaria aquela casa e a transformaria em uma loja de tecidos, onde o gramofone continuou exibido por anos a fio. Mais como enfeite mesmo, já que segundo Cebola a agulha quebrara pouco depois da chegada do aparelho, e como Divina precisaria mandar a peça nova vir do Rio de Janeiro, ela deixou por isso mesmo. No fim, a casa foi vendida para uma congregação, e desde então nunca tive razão para voltar ao bairro. Até onde sei, o gramofone, onde eu e meus primos escondíamos soldadinhos de chumbo, acabou perdido, porque ninguém quis levar aquele trambolho para casa.

À FLOR DA PELE

O galo canta lá fora. Já não preguei os olhos a noite toda tentando fingir que essa angústia não existe, cansei de me enganar. Enterro as unhas nas costas, como se fossem as estacas que usamos para a fundação desta casa, e por um segundo esqueço essa história de passar noites e noites me coçando, um segundo em que sinto o mesmo alívio de quando era pequena e Mãinha deitava a tarde toda comigo na rede, cafunezando minha cabeça enquanto balançávamos penduradas no pé de manga atrás da casa. Assim que o segundo passa, me dou conta de que isso nunca aconteceu, aquela árvore nunca ia aguentar uma rede, esteve sempre fraca e morrendo, como tudo que não crescia naquela terra dura, seca, ácida e esquecida, e Mãinha ficava tão ocupada tentando fazer abóboras mirradas vingarem que nunca teria tempo de passar uma tarde inteira deitada comigo porque, como a terra, ela sempre foi dura, seca, ácida e esquecida.

A coceira de novo. Não sei o que faço. Já lavei os lençóis primeiro junto com as roupas da casa e depois separado das cobertas das moças, falo para elas não atenderem homens com piolhos, mas sabe-se lá o que fazem no seu próprio tempo, e só consegui esmaecer minhas mantas favoritas de tanto esfregar. Já me banhei de limão e me polvilhei de maisena, fiquei mais perto de virar bolo que resolver o problema. O melhor até agora foi ignorar, a coceira só vem mesmo de noite e passar o dia cansada, à base de cafés pretos como piche, não é nada demais. Vou ter tempo suficiente para descansar quando morrer.

Mas agora é diferente. Depois do alívio, vem a ardência impossível, minha pele em brasas implorando socorro. Pulo da cama, acendo o cotoco de vela na cabeceira, viro para o espelho e vejo, em meio ao crepúsculo do quarto, minhas costas em carne viva, pequenos rios de sangue brincando de abrir caminho ao redor da coluna. Para logo de ser boba e procura o doutor, Divina. Você não começou a pagar uma nota depois das moças pegarem esquentamento pra horas como essa, quando alguém da casa precisasse ser visto sem hora marcada? Não adianta zelar só por elas, você está sozinha nesta cidade, ninguém mais vai cuidar de uma puta de quarenta anos, se bem que naquela época eu já estava aposentada ou ainda me deitava? Amarro nas costas panos com água gelada. Corto as unhas rente aos dedos para resistir à tentação de me machucar. Saio do quarto em silêncio, as últimas moças devem ter se deitado há pouco. Passo uma garrafa de café para quando elas acordarem, ao lado deixo um bilhete explicando que volto logo.

Não são nem oito da manhã e o sol já pela no céu, fogueira em cima da minha cabeça. Tomo um carro e, quando desço na frente da casa do doutor, uma menina descalça segura uma bebê de colo e esmurra a aldrava, o som do metal contra a madeira se mistura aos seus gritos, que tomam a praça indo e vindo, indo e vindo, indo e vindo. Era impossível ignorar aquele pedido de socorro, mas era isso que as pessoas da rua e da casa faziam, como se a menina fosse uma alma penada, que só eu podia ver. Vou até a pobre coitada e tento acalmá-la, pondo sua testa contra a minha para que o contato de nossas peles lhe prenda ao chão, para que a proximidade de outro ser humano lhe dê certeza que não é um fantasma. A menina sem sapatos me fala-chora que sua bebê não para de tossir há dias, agora já tinha começado até a vomitar o pouco que comia tamanha a violência com que o peitinho dela subia e descia, subia e descia, subia e descia. Só agora percebo que, no colo da menina, embaixo de um pano fino, a bebê chora abafado, berreiro que sai arranhando e machucando a garganta. Não dou conta de ver o desespero das duas crianças, a de colo e a que a segura. Peço que a menina descalça me confie a bebê por alguns minutos. Vou fingir que ela é filha de uma das moças da casa, e, por causa do nosso combinado, o doutor vai ter que atendê-la.

Palavras cordiais, olhar de ódio. Desde a primeira vez que encontrei esse médico, foi o jeito dele me tratar. Não tivesse vindo com dinheiro na bolsa, o doutor cor de-leite-azedo, com chumaços cinzas e crespos brotando da orelha, jamais teria me atendido, porque toda vez que ele me tocava durante um exame, os seus dedos úmidos e frios pareciam dizer que respeitavam minhas moedas, mas não a minha pessoa, que, se dependesse dele, sequer existiria. Sempre o tratei com frieza igual, como se tentasse falar através do meu coração auscultado que o respeito dele e merda eram a mesma coisa. Mas agora eu só tinha olhos para a bebê da menina de pés descalços, que esperneia em cima da maca e vomita no colchão de couro. Não sei que força possuiu essa criança, mas tenho que inclinar o peso do meu corpo sobre ela para que o doutor possa examiná-la, e sua respiração fraquinha beija minha bochecha, do mesmo jeito que Clarinha em seus últimos momentos, devia ter mais ou menos a idade da bebê da menina de pés descalços quando estava deitada para morrer no catre de Mãinha, meu coração cada vez mais apertado, do tamanho de um licuri seco, ao ver minha filha berrando para o teto, se tivesse aprendido a falar, teria pedido que alguém a salvasse do sofrimento, mas ela se foi antes de poder dizer as primeiras palavras, da sua boca só saíram gritos, cada vez mais secos e agudos, se espalhando pelo quarto feito mosquiteiro que me cobria por dias a fio, me prendendo a ela como se nós estivéssemos morando numa rede feita de dor, e agora a filha da menina descalça berra igual, e na minha cabeça eu peço que aquele anjinho fique calmo só um pouquinho, eu sei que dói, que ela sente o desprezo e o frio dos dedos do doutor, mas pelo menos alguém vai poder lhe dizer a origem da sua dor, ao contrário da Clarinha, já enterrada há duas semanas quando um médico chegou para vê-la, e depois que ele foi embora sem poder fazer nada, Mãinha me disse que se eu tivesse rezado para seus deuses como ela mandara, Clarinha ainda estaria viva, eu dei de ombros e falei que aquilo não ia fazer diferença, não ia ser eu quem ia acreditar no que Mãinha acreditava, mas por mais que minha língua falasse isso, meu coração do tamanho de licuri sempre se perguntou porque eu tinha que ser orgulhosa, e se você, a Divina que não acredita em nada, tivesse sido humilde e pedido proteção, se você não tivesse negado conselho de Mãinha só porque era Mãinha será que Clarinha estaria viva hoje e você não estaria ainda presa nessa rede de dor que ganha novos fios a cada berro que a filha da menina descalça dá até que o médico finalmente consegue aplicar a injeção

A bebê para de chorar. Posso respirar de novo.

O médico de orelhas peludas passa primeiro um pano sobre a maca de couro para limpar o vômito da bebê. Só depois se dá ao trabalho de explicar que ela tinha alergia a fungos. Enquanto receita alguns comprimidos, aproveita que está de mau-humor para finalmente derramar sobre mim sua ira. Como eu tinha coragem de deixar um anjinho inocente sofrer? Não tinha amor no coração? Não sabia que era um crime deixar uma alma sobre a influência de minha ignorância? E eu, que sempre quis que o doutor com pelos no ouvido falasse o que realmente achava para poder mandá-lo à merda, que já passei dias sem fim ensaiando respostas a um ataque que com certeza haveria de chegar, fico em silêncio. Agradeço a consulta e pego a receita como carneirinho. Na saída, pago todos os remédios da bebê, compro sapatos para sua mãe descalça, dou meus últimos trocados para as duas. Fico sem dinheiro e volto a pé, embaixo do sol que frita minha cabeça. Caminho pelo que parece uma eternidade, sentindo o suor gelado no vestido e o sangue quente das feridas empaparem as compressas, impregnando-me com aquele cheiro de ferrugem que quer coagular, mas não consegue. Quando chego em casa, arranco meu melhor sorriso para fingir que estou bem e encho uma xícara de café gelado pela metade. Subo ao quarto, tranco a porta e tiro, de um buraco no meio do colchão, uma garrafa de pinga. Completo a chávena, e agora o líquido, antes preto feito piche, está da cor de um fino tecido negro na frente do sol. Engulo tudo de uma vez só.

As costas finalmente param de arder.
Esse é o remédio que mereço.

NOME DE FAMÍLIA

Ana Clara Reis do Nascimento. Meu nome, escolhido por minha mãe sem que ela jamais soubesse que meu avô teve uma falecida irmã chamada Clarinha. Quando relatei a coincidência à Dona Elizabete, ela congelou em silêncio. Num primeiro momento, eu não soube dizer se foi porque reconsiderava cada instante de sua existência ou se o vídeo só tinha travado mesmo.

Após algum tempo, ela confirmou que sim, estava me escutando. Sinceramente, achava que o pai nunca falara sobre a outra Clara. A impressão de que Natã passou a vida achando ser filho único seria depois confirmada pelos meus tios e primos. Talvez no tempo de Divina não fizesse sentido se prender a pequenas tragédias como a morte de um neném, e a vontade de calar sobre o assunto foi tamanha que Natã nunca soube da irmã. Quanto a nossos nomes iguais, com certeza devo estar querendo forçar significado naquilo que é só o que aparenta ser. Uma coincidência.

Duvido. É a resposta de Cebola quando digo isso em voz alta. Natã com certeza sabia da existência de Clarinha. Por que meu avô quis ocultá-la, não podia dizer. Tudo que podia oferecer era a história de Divina.

* * *

O que descobri da história dessa mulher: ela nasceu no início do século XX, em algum lugar entre Goiás e a Bahia. Quando moça, teve uma filha com o homem que foi o amor da sua vida e perdeu-a quando a bebê tinha poucos meses de vida. Antes ou depois disso, não se sabe ao certo, começou a se prostituir. Já um pouco mais velha, veio para Goiânia e comprou o terreno onde seria erguida a Casa de Didi. Tempos depois, com o negócio já estabelecido, chamou Natã, que havia ficado com parentes, para morar com ela. Em 1967, faleceu, ninguém nunca soube direito por quê.

É pouco. Menos do que eu esperava quando comecei a investigação. O que descobri também me traz mais perguntas que respostas. Quanto tempo e com quem meu avô viveu longe de sua mãe? Quem foi seu pai, que, ao contrário do de Clarinha, não é sequer citado na história de Cebola? Teria Divina sonhado com os filhos e a família que ele viria a ter? Se tivesse vivido mais trinta ou quarenta anos, teria me pegado no colo e me chamado pelo nome da filha? E, claro, a mãe de todas as perguntas: por que nos esquecemos dela?

Cebola termina de prender o lacinho anil na manta azul-bebê. Levanta-se, pega um borrifador em formato de abacaxi e, enquanto água samambaias de estimação, conta que, quando meu avô punha uma ideia na cabeça, era mais fácil cortar-lhe a cabeça do que fazê-lo desistir. E, poucos meses depois de se mudar para Goiânia, Natã teve uma vontade incontrolável de costelinhas com milho. Por mais que o quilo da carne estivesse um absurdo, ele queria porque queria aquele prato, e começou a aporrinhar as mulheres da casa cantando uma rima: dá um tostãozinho pro meu leitãozinho. Foi tanta insistência que Dona Divina, ao notar que o filho já estava dando nos nervos dos clientes, decidiu fazer uma troca com um loirinho que trabalhava numa fazenda das redondezas: algumas visitas de graça em troca do maior bicho que ele pudesse arranjar.

Uma bela manhã, um porco preto premiado desfilou porta adentro da casa de tolerância. Divina dispersou a pequena aglomeração que se formou em torno do bicho e, num esforço de educar Natã, deixou claro que só ia fazer as costelinhas se ele ajudasse a abater o animal. O loirinho levou meu avô para o quintal, e rápido surgiu a suspeita de que algo estava errado quando o rapazote de cabeça descolorida já saiu tirando uma faca do bolso, sem nenhuma preparação. Aquele jovem, descobririam tempos depois, nunca matara um bicho antes. Em vez de dar uma cacetada na cabeça do porco para nocauteá-lo primeiro, que é como esse tipo de coisa deve ser feita, logo enfiou a lâmina no coração do bicho.

O resultado foi óbvio. O porco guinchou e começou a se debater, destruindo varais de roupas e plantas. No susto, meu avô se escondeu atrás de uma árvore e observou o loirinho tentando inutilmente abraçar o bicho enlouquecido. Divina e algumas garotas chegaram correndo ao quintal, e, vencendo choros, acusações e gritos, a matriarca da casa corrigiu o que estava errado. Mandou o loirinho e mais três mulheres segurarem as patas do bicho, cravou o joelho contra a cabeça do animal e se transformou em figura de concreto, tamanha a facilidade com que despejou o próprio peso e controlou o suíno agoniado.

O torso do animal ainda subia e descia ofegante, os pulmões prestes a explodir de desespero, quando a mão de Dona Divina pousou sobre a pelagem negra, abrindo caminho com a suavidade de alguém que passeia descalço pela grama. Essa mão, Cebola pontuava, não tinha nenhuma função prática. Estava lá só para ondular junto com o couro, presença de outro mundo que tocou o bicho para ele não sofrer sozinho.

Com o vestido preto já brilhando de vermelho, Divina deixou a cabeça flutuar a centímetros da orelha enrugada do animal e cantarolou algo tão, mas tão baixinho que ninguém escutou o que era. Os olhos do porco encontraram os da mulher, e, talvez acalmado ou exausto de tanto sangrar, ele finalmente relaxou os músculos. Foi só quando isso aconteceu que Divina olhou na direção do meu avô e pediu a faca.

Natã viu o velho cabo de madeira quase aos pés. Levou a lâmina afiada à mãe, que, com o olhar, deixou claro que o filho era a única pessoa que podia ajudar.

Mostra misericórdia e dá um corte fundo e sem perdão, Divina disse, oferecendo a jugular do porco.

A cadeira arrasta no chão de pedra. Noto as samambaias já encharcadas. Cebola senta à minha frente, inclina a cabeça na minha direção e fala quase sem piscar. Ele amou Divina como uma mãe e, desde que me conheceu, sempre acaba voltando à memória daquele dia. Nunca soube o que ela disse ao porco nos últimos instantes. Também nunca ousou perguntar. Talvez a existência de Divina, que eu tanto quero decifrar, seja como um segredo dito à orelha de um animal morrendo. Nunca foi e nunca será nossa para saber.

LAGO DAS ROSAS

Natã finge que eu não existo. Nos últimos dias, deu pra vestir essa carranca e se esconder pela casa, quebrando minhas xícaras, jogando nacos de terra nas esquinas dos corredores, matando flores no quintal. Faz na surdina, como se tentando se vingar de mim, porque para ele isso é mais fácil que me dirigir a palavra. Ele sempre foi tão mesquinho? Às vezes me pergunto se esse menino saiu mesmo da minha barriga, só assim para explicar como não carrega nada de mim, de seu nariz fino como dente de garfo até esse jeito de se achar dono do mundo.

Não seja maldosa, Divina. No lugar dele, você também ficaria com cara de quem tem um ferro quente brotando da garganta. Eu também sou uma estranha para meu filho, uma mulher com nariz de moringa de quem ele talvez não se lembrava até que o arrancaram do seu mundo e lhe disseram que aquela cafetina era sua mãe.

Pego o fubá no armário. Sou a mulher mais babona do mundo, ao invés de dar bronca, vou enrolar broas para meu filho. Mãinha teria me dado a mesma coça de quando eu contei que meu sangue não tinha descido. Me chamou de puta anos antes de eu virar puta mesmo, e aquilo machucou mais que os tapas, porque a menina que eu era só queria ter os filhos do Saulo, não ser acusada de rameira. Agarrei o braço dela no ar e disse que nunca mais ia encostar a mão em mim ou ver os seus netos. Fui sem olhar para trás, ela o tempo todo em silêncio, engolindo o orgulho como eu engolia o sangue na boca.

Aquela promessa não durou o tempo de uma abóbora crescer. Não fui eu quem quis assim, mas a vida, que uma bela tarde me fez sair para procurar o Saulo, não aparecia há dois dias, e se para minhas vizinhas aquilo era comum, a casa ficava até melhor sem os maridos brutos, não era do feitio do meu homem. Ele voltava todo fim de tarde para descansar a mão na minha barriga do tamanho de um calombinho, e nós sonhávamos juntos o futuro, desenhando no ar a família que cresceria diante de nossos olhos. Se eu desse luz a uma menina, ia chamar Clara. Se fosse menino, Natã.

O leite entorna no tacho. Tiro da chama, salvo parte da mistura. A palma lateja, incha. Espirrou um pouco de óleo. Dói, mas dá para aguentar. Pelo menos o tempo de mexer o fubá na panela. A mão quer gritar, mas continuo, senão vai desandar e não quero começar de novo. Quanto tempo uma pessoa consegue viver com dor? Quanto tempo o Saulo aguentou esquecido no meio do mato, nariz quebrado, olhos inchados, fazendo ele parecer menos gente e mais balão de festa? Como conseguiu continuar vivo, mesmo com as formigas já o escalando, prontas para comer seu corpo? Espantei as danadas e o carreguei por um tempo que parecia caber uma vida inteira, a vida que eu e ele tínhamos sonhado juntos, a vida à qual eu me agarrava enquanto ela teimava em fugir aos poucos, a cada murmúrio seco do Saulo. Andei, andei e andei, e quando vi parei não na frente da nossa casa, mas na de Mãinha, implorando que ela ajudasse o pai da sua neta, que tinha sido deixado para morrer. Ela largou a enxada no chão e veio correndo. Carregamos juntas o homem que ela odiava e eu amava.

Todo animal com dor tem o mesmo som. Mistura de choro com grito, engasga feito motor velho. Quando ouvi o primeiro grunhido, pensei que Natã tinha se ferido. Atravessei a casa num pulo só, e quando cheguei no quintal quem sofria era o porco, porque ninguém soube matá-lo. Na hora xinguei meu menino, mas agora sei que os olhos de Natã não estavam pesados de culpa, mas medo. Pela primeira vez, meu filho, esse estranho que finge ser homem mas ainda é criança, percebeu quão fácil é tirar uma vida, ele tem o direito de ficar bravo comigo, mas não sabe que a mãe também aprendeu que morrer é a coisa mais fácil do mundo, basta um dia você fazer piada com alguém sem humor, como os lavradores disseram que aconteceu com o Saulo, não podiam ter certeza mas imaginavam que tinha sido emboscado na volta pra casa, atacado por um rapaz invocado com quem brincara pela manhã e mais três colegas, e deixado em um canto do mato para a natureza acabar o trabalho que eles tinham começado, se o Natã soubesse disso, eu não estaria agora quebrando ovos e fechando a massa da broa com minha mão enfaixada, porque ele saberia do abismo entre nós, buraco cavado pelo quanto sua mãe já sofreu, não, ele entenderia que, quando o grunhido cortou o ar, eu não dei conta de ouvir, pulei na cabeça do bicho e só queria destruir sua mandíbula, fazê-lo engolir o choro, e quando me dei conta, no meio da luta minha mão procurou o pelo do porco, áspero como a jaqueta do Saulo, e o peito dele também subia e descia de dor no fim, eu ao seu lado, com medo de ouvir seus murmúrios secos farfalhando com as palhas do colchão, pedindo baixinho para deus, em quem eu ainda acreditava, acabar logo com aquilo, porque eu não queria mais ver o homem que amava sofrendo, e o sangue do porco esquentou minha pele, eu quase arrancando a pele do bicho, até que decidi relaxar os dedos, senti na mão a vida escorrer pra longe dele e olhei nos seus olhos, murmurando a mesma música que Mãinha chirriou no ouvido de Saulo quando percebeu que se nada fosse feito ele ainda ia sofrer por dias e dias, uma cantiga com a qual ela me embalava quando eu era pequena, uma cantiga na qual não importavam as palavras que saiam da boca, e sim a melodia, o ritmo, garantindo que ia dar tudo certo, que o mundo podia ser justo enquanto ela estava lá, ao meu lado, ocupando o silêncio com sua voz, era a mesma música que eu depois ia entoar para Natã quando ele tivesse cólicas, Shhh, vai dar tudo certo, Mãinha garantia para Saulo, Shhh, mamãe tá aqui, eu cantava para Natã, Shhh, já vai acabar, eu sussurrava para o porco, ele parou de espernear, seus olhos querendo que aquilo acabasse logo, do mesmo jeito que Saulo quando Mãinha falou que era hora e eu devia sair do quarto, mas não, fiz questão de ficar, ordenei que ela me desse a faca, assim como eu fiz questão de chamar o Natã e mandar ele descansar aquele animal assustado, porque nenhum ser vivo merece viver com uma dor tão grande dentro de si.

Enfio a mão em uma bacia com água. Alívio que tomou minha pele em chamas. As broas assam no forno, e só agora me dou conta que eu podia ter parado, a massa não ia desandar tão rápido. Se ninguém merece esse destino, por que faço questão de continuar vivendo com dor? Às vezes eu mesma me canso de tanta tragédia, como se eu só soubesse ser isso, a soma de milhões de feridas abertas, que seguem em frente só para fazer broas para menino amuado, que talvez nem goste de broa, assim como não gosta mais de cavalos.

O alazão de madeira reluzia de tanto verniz, cavalgando por entre as barras, dando voltas e voltas em frente aos ônibus que entravam e saiam da rodoviária. Era a primeira vez que eu ia ver Natã depois de vir pra Goiânia, e eu já não sabia mais nada sobre ele. Só lembrava que, quando pequeno, ele amava ver os corcéis selvagens galopando perto da fazenda, implorava para ser colocado em cima da cerca e fingir que montava seu próprio pocotó, enquanto eu o segurava pelas costelas, tomando cuidado para que ele não caísse. Mas isso já tinha sido em outra vida. Será que eu ia reconhecer meu próprio filho?

Não era esse o combinado. Quando contei que o velho barrigudo tinha oferecido um terreno numa cidade nova longe dali, Mãinha ficou dura feito pedra, brava como touro. Só me deixou ir quando prometi deixar o Natã, porque ela não queria que eu levasse o único neto que lhe sobrara. Nos últimos anos, começara a me trancafiar num silêncio raivoso, porque aquela Divina que desafiara Mãinha tinha morrido junto com Saulo e Clarinha. Eu tive que sair de casa enquanto o menino dormia, para ele não se esgoelar ao me ver partir, e, cruzando a mata escura, iluminando o caminho com uma lamparina quase sem querosene, só consegui não pensar nas bestas escondidas na noite me concentrando no ódio. Naquela madrugada, matei Mãinha pelo menos cem vezes, sempre do mesmo jeito, apertando o pescoço da velha até a vida sumir de seus olhos, perguntando-gritando que direito tinha ela de tomar meu filho e de pairar sobre minha existência feito beija-flor que suga uma planta até definhar.

A raiva só cresceu nos primeiros meses, quando vi que Mãinha estava certa e puteiro novo não combinava com criança pequena. Tive que esquecer de Natã para não ser machucada pela saudade, encontrar conforto em cada pequena vitória da casa. A licença para vender bebidas tinha que substituir o orgulho de ver meu menino aprender a nadar, construir um novo andar tinha que trocar a alegria de lhe ensinar suas letras. Mas, quando a ruivinha me entregou aquela carta de Mãinha, na mesma tarde em que eu cruzei Goiânia a pé vindo do médico, o ódio voltou rapidinho-rapidinho. Ela estava mandando o menino para morar comigo, ele ia chegar em menos de uma semana. Tive vontade de rasgar o papel encardido. Ela não tinha direito de mudar de ideia assim, tão de repente, devolver o Natã como se ele fosse brinquedo do qual tinha cansado, ainda mais quando eu já tinha me acostumado a viver sem ele.

Um ônibus prata fervendo de sol parou na minha frente. O cavalinho de madeira caiu no chão, tão nervosa fiquei. Não sei por que, mas tive certeza que meu menino estava lá dentro. Catei o bicho, arrumei o vestido, esperei ele aparecer. Desceu primeiro um rapazote magro feito pau de vira tripa. Até tinha um nariz pontudo como Natã, mas, quando o vi pela última vez, meu menino era um cotoco de barriguinha estufada, devia ter crescido, mas não era pra tanto. Depois veio um marmanjo, com o mesmo rosto alongado feito bandeja de servir peixe, mas também não era meu filho, que devia ter mais ou menos uns dez anos. Soube que era Natãzinho quando do ônibus saiu um menino cor de beiju tostado, usando uma calça esfarrapada-borrada de terra. Em uma mão, carregava uma malinha de couro surrada. A outra, dava para uma senhora magra no osso, uma corcunda maior que ela mesma, olheiras fundas que paravam no crânio, o cabelo crespo, tão branquinho que até sumia quando o sol batia. Demorei para entender que era Mãinha.

Que diabos tinha acontecido com aquela mulher para ela virar uma sombra de si mesma, que precisava do apoio da filha e do neto, cada um segurando uma mão, para andar? Chegamos à praça em frente à rodoviária, Mãinha pediu para sentar em um banco, queria recuperar o fôlego. Viu um montão de crianças brincando no lago, espirrando água por todos os lados, as luzes dos arcos da velha se dividindo em vermelho, amarelo, azul e violeta, casando com as rosas ao redor do balneário. Abriu sorriso alegre-doído, tirou tostão do bolso e falou para Natã comprar um refresco, o dia estava tão bonito que merecia ser aproveitado. Ele saiu correndo animado, e meu peito ficou pequenininho, apertado como se com pedra em cima. Quando eu tinha a idade do menino, Mãinha nunca teria me dado dinheiro só para fazer agrado.

As palmas duras bateram no banco, me convocando a sentar do lado dela. Fazia um tempo que Mãinha tinha começado a sentir um troço ruim na garganta, que logo tomou a forma de um nó cego entalando a glote. Passou a ter dificuldade para engolir, e foi se alimentando primeiro de purês, depois leite, e já fazia meses que só conseguia comer sopinhas ralas feito água. Doutores e padres tinham ido visitá-la, e por mais que indicassem remédios ou rezas, ela sabia que seu tempo estava chegando. Por isso, escreveu aquela carta e vendeu seu pedacinho de terra, até então o maior orgulho de uma vida inteira. Não contou nada sobre sua condição porque sabia que eu não ia acreditar, mas esperava que, agora que eu podia vê-la com meus próprios olhos, pudesse aceitá-la no pouco tempo que ainda tínhamos juntas, porque ela queria estar ao meu lado e de Natã antes de partir. Pelo sim ou pelo não, o dinheiro que sobrou depois da compra das passagens, escondido direitinho entre a meia e a sola do sapato, ia ficar para mim, porque tudo que conquistara na vida era meu mesmo. Sempre tinha sido assim.

Lembrei-me da caminhada pela mata escura, as mil vezes que esganei Mãinha na minha cabeça. Tinha eu apertado tão forte seu pescoço que criara o cancro na sua garganta, que agora a comia por dentro? Quis perguntar que direito tinha ela de morrer, mas engoli as palavras. Por mais que precisasse dizê-las, Mãinha não precisava ouvi-las.

As broas estão prontas. Arranjo-as numa pequena tigela, levo-as para meu quarto. As moças ainda dormem, e só umas duas portas entreabertas iluminam o longo corredor. Sinto frio. Com cuidado para não acordar ninguém, penso que estou caminhando por uma caverna, ou pelo menos é assim que imagino que sejam as grutas, nunca entrei em uma, só li histórias de cavaleiros desbravando longos caminhos sombrios. Onde já se viu mulher crescida com medo de menino? Meus pés querem dar meia-volta, mas minha mão machucada é mais rápida, começa a bater na porta e minha boca sussurra-pergunta se mamãe pode entrar. Dentro do quarto, o som de um corpo se remexendo no colchão é seguido por silêncio. Natã já está acordado, mas deve ter virado de costas para mim, e agora quem sabe observa o vento brincar com as cortinas. As broas já estão quase esfriando. Insisto uma última vez, só para poder dizer mais tarde que tentei. No que encosto minhas unhas na porta, sinto os pés tocarem em algo sólido e frio, bloco de gelo ou talvez pequeno cadáver. À luz do vão da porta, o cavalo de madeira repousa desmembrado. A cabeça encosta na parede, as patas estão esquecidas atrás das minhas sandálias, o torso foi jogado no batente. Recolho os pedaços do presente que só fui dar para Natã depois de acomodar Mãinha no quarto onde ela viria a morrer. E agora, assim como as xícaras quebradas, os nacos de terra jogados e as flores partidas, ele deixou aquele cavalo para trás para que eu visse. Mas, se as xícaras, os nacos de terra e as flores só me apoquentavam, esse corcel partido é uma faca nas costas, é como se ele tivesse feito questão de destruir na minha frente o carinho que lhe dediquei.

Deixo as broas no chão, entro no quarto. Natã finge dormir, mas o puxo na minha direção, com mais calma do que jamais tive em toda a vida. Sento-o na cama, ele aperta os olhos, mas eu mando ele me olhar. Seguro-o pelos ombros com firmeza por muito tempo, ele tentando me vencer pelo cansaço, eu tendo todo o tempo do mundo. Finalmente descerra as pálpebras, observando-me através das suas pupilas marrons que, vejo pela primeira vez, são verdes como esmeralda à luz do sol. Por mais que eu possa ter errado com ele, ninguém pode negar, nada lhe dá o direito de ser cruel. Goste ou não, ele não pode me desrespeitar no meu próprio lar.

Ele não queria morar na casa de uma puta. Era eu, não a vozinha quem devia ter morrido. Tapo sua boca, há outras pessoas dormindo na casa, é meu dever zelar pelo bem-estar delas. Sinto seus gritos morrerem na minha mão machucada e o abraço com meu braço livre. Deixo ele se debater e jogar toda a raiva contra mim, porque isso eu aguento, um corpo aberto em mil chagas dá conta de lidar com o ódio de uma criança. Quando ele começa a acalmar e as lágrimas descem pelo rosto, encharcando o espaço entre meus dedos, eu concordo com ele. Se pudesse, teria trocado minha vida pela de Mãinha. Mas por qualquer razão eu continuei, ela não. Pelo menos agora eu sou tudo que ele tem, e ele é tudo o que eu tenho.

Natã agarra meu vestido, com ódio, mas talvez também querendo sentir meu amor por ele, não sei direito, a vontade de um abraço e de esganar são irmãs. Sinto que posso tirar minha mão do seu rosto. Ele puxa uma lufada de ar com a boca livre, engasga-chorando e deita a cabeça em meu ombro. Acaricio seu cocuruto, e ficamos os dois em silêncio, enquanto as broas viram estátuas do lado de fora do quarto.

CAVALOS

No fim, meu avô costumava mirar o nada. Balançando na cadeira de vime com a cabeça apontada para cima, a mente se perdia no teto por horas a fio. Não dormia, reclamava ou falava nada; só ficava lá, imóvel, exceto pelas pupilas inquietas, pulando de um lado para o outro, seguindo as sombras projetadas da janela brincando no gesso como um teatro de sombras, talvez se imaginando em frente a uma tela de cinema, vendo um filme sobre sua vida.

Cuidando dele, eu costumava aceitar seu silêncio e deixar a TV ligada, o som baixinho preenchendo a sala, conectando-nos de alguma forma ao mundo enquanto ele admirava o teto e eu lia. Muitas vezes nem sabia o que estava passando, até que certo dia uma matéria chamou minha atenção. Era sobre os cavalos lavradeiros de Roraima, talvez a última espécie de equino selvagem do país. A raça tinha surgido na Andaluzia e fora tirada de seu habitat durante o período colonial, na tentativa de dominar o que hoje é o Norte do Brasil. Do outro lado do oceano, alguns desses animais fugiram do cativeiro e, contra todas as perspectivas, conseguiram encontrar uma área onde puderam prosperar. Mas agora o desmatamento ameaçava tanto aquelas criaturas que se estimava haver apenas duzentos desses cavalos no mundo. Duas centenas de almas: era tudo que restava de uma história de séculos.

Aumentei o volume quando a matéria mostrou um longo plano dos lavradeiros cavalgando em grupo por uma planície que se estendia até o perder dos olhos. Era como se naquele instante o medo não existisse e os cavalos só precisassem se preocupar em viver. Quando me virei para meu avô, vi seu rosto encharcado de lágrimas. Chorava compulsivamente, como um bebê. Tentei acalmá-lo, perguntei o que era, mas ele só fechou os olhos com força, como se tentando esquecer um sonho ruim.

Sempre que penso nessa história, lembro que meu avô tinha um medo quase irracional de cavalos, adquirido quando tinha sete ou oito anos e quase foi pisoteado por um animal bravo. Aquela matéria deve ter feito ele se ver novamente como uma criança indefesa, que por muito pouco não tomou um coice fatal. Suponho também que ela lhe trouxe um temor mais profundo; uma melancolia por saber que, como os equinos selvagens, sua própria existência estava perto do fim.

Margarida ri. Em frente à baia dos cavalos, essa senhora de setenta anos, que parece no mínimo duas décadas mais nova, lustra o pelo de seu corcel negro, o orgulho da fazenda, quando me pede desculpas. Não queria caçoar das minhas reflexões, mas não se lembrava do meu avô como sensível e profundo. Tudo bem que ela nunca mais o vira depois que fez quinze anos. Mas, na cabeça dela, Natã era um grande safado.

* * *

Cebola estava certo quando disse que eu devia encontrar outras pessoas que conheceram Divina. Afinal, se todas suas lembranças eram embaladas por um laço de nostalgia, Margarida tinha uma memória muito mais concreta. Ela nasceu quando a própria mãe já trabalhava na Casa de Didi, e sua infância e juventude tiveram aquele lugar como centro do universo. Era no enorme quintal que ela e os amigos, todos filhos das outras mulheres, costumavam brincar, estudar ou passar o tempo. Margarida lembrava claramente que aprendera a cirandar perto do tanque, enquanto a mãe lavava um lençol e vigiava a filha e outros garotos; garantia que nunca tinha provado mangas tão suculentas quanto as que nasciam à beira do córrego, no fundo do terreno; e tinha quase certeza que seu primeiro beijo fora atrás da horta, quando se aproveitou da cortina de chuchus na cerca de madeira para roubar um selinho escondido e sair correndo, o coração palpitando de excitação.

Todas essas memórias eram entrelaçadas por Divina, que na cabeça de Margarida era menos a chefe da mãe, e mais a avó de todos. Servia broas nos lanches da tarde; pedia beijinhos na bochecha de bom-dia; cuidava dos pequenos quando eles caíam doentes; e esfregou vigorosamente a cabeça de Margarida quando ela teve piolhos, fazendo tanta piada com o cheiro forte do sabão que logo a menina se esqueceu dos colegas de escola dizendo que seu cabelo era um ninho de rato.

Daquela época, se lembrava também dos homens que apareciam no portão quando as crianças brincavam, chamando pelas mães dos pequenos. Alguns eram carinhosos, até jogavam peteca enquanto esperavam. Mas, se chegassem aos gritos ou ofensas, logo Tio João afastava o marmanjo. Para Margarida, aquele homem, grande como uma montanha, com uma careca lisinha que refletia o sol e enormes olheiras roxas realçando dentes que se assanhavam junto com um sorriso fácil, não era nada mais que uma figura carinhosa, presente na sua vida desde sempre. Fazia o melhor doce de figo do mundo e passava o dia sentado em um caixote na frente do portão; quando mais nova, isso era tudo que precisava saber. Já era bem mais velha quando entendeu que Tio João era o segurança da casa e, quando afastava os mal-educados, era para lhes dar quantas bordoadas fossem precisas para afugentá-los, ou deixá-los inconscientes, seja lá o que acontecesse primeiro.

Tio João, que a ensinou a jogar cacheta e também arrancava dentes. Para Margarida, era um resumo da infância, porque os dois lados do homem montanha não se opunham, e, na Casa de Didi, ele encontrara um lugar onde podia mostrar mais a doçura que a truculência. Óbvio que era impossível crescer sem notar as mangas dele ocasionalmente manchadas de sangue. Mas isso não eliminava o fato de que ele também colhia os melhores figos do quintal a dedo e depois os cozinhava em calda de açúcar.

Da mesma forma, desde que se entendia por gente, Margarida soube da profissão da mãe. Nunca foi um segredo para ela. Na verdade, por muito tempo, achava que ser prostituta significava passar a noite dançando. Ou pelo menos era isso que imaginava quando ficava acordada madrugada adentro e, da janela do quarto, ouvia risadas e músicas enquanto via, na esquina do quarteirão, as luzes acesas na casa.

Daí a surpresa na primeira vez em que foi chamada de filha da puta. Na hora que as escutou, soube que as palavras eram uma ofensa, mesmo que não pudesse explicar por quê. Passou a evitar as visitas à Casa de Didi, embora ainda quisesse brincar de ciranda com os amigos e tomar lanche da tarde com Tio João. Sentia-se partida ao meio, envergonhada e ao mesmo tempo não vendo problema algum em passar a noite inteira dançando.

Um dia, Divina a chamou para passear. Embora ainda dividida, Margarida estava na idade em que juras de raiva derretiam diante de gostosuras e se deixou conquistar pela promessa de pipocas doce na praça. Usava seu melhor vestido, o da cor de flamboyant amarelo, com o tecido já esmaecido. Já Divina levava sobre o corpo a roupa de sempre, o vestido negro que, apesar dos três ou quatro botões sempre abertos num atrevido decote abaixo do colarinho, lhe davam um ar de freira. Segurava uma sombrinha para protegê-las do sol escaldante, e, no caminho até a praça, Margarida só conseguiu prestar atenção naquela sombra perseguindo-as pelo chão. Era fascinada por Peter Pan e por isso começou a lutar com o vulto negro. Divina, ao notar a movimentação, embarcou na brincadeira; sacudiu o guarda-sol para os lados, ajudando a criança na batalha contra a própria projeção.

Quando se sentaram no banco da praça, estavam tão cansadas de perseguir sombras que nem quiseram comer, só ficaram ali, as pipocas no colo. Ainda recuperavam o fôlego quando Divina perguntou por que a pequena andava tão triste. Margarida suspeitava que ela ia falar sobre isso e pretendia ficar calada quando o momento chegasse. Mas, vencida pelo caramelo das pipocas, derretendo dentro do saco e melando as mãos, contou tudo que a agoniava, tim-tim por tim-tim, como se num confessionário onde finalmente pudesse abrir o coração.

Divina escutou tudo atenta, sem fazer um único som. Quando Margarida terminou, contou-lhe com toda a calma o que significava ser puta, porque julgava que, embora ainda na idade de ter a raiva desviada por comidas gostosas, Margarida também já era grande o suficiente para entender as coisas do mundo. Explicou que aquilo não era vergonha, pelo contrário. Contou que a mãe de Margarida chegara à sua casa apenas com uma menina na barriga e um desespero no coração. Não tinha um tostão no bolso, cortesia do homem que a embuchara, que acabara de escorraçá-la de casa como um cachorro, por nenhuma razão além de que era homem e podia. Divina a acolheu, e foi assim, com o suor do rosto, que a mãe da pequena construíra tudo o que elas tinham, do vestido cor de flamboyant à casa onde ela dormia. Pediu que Margarida olhasse para a frente e apontou que as pessoas evitavam passar na frente delas, muito embora estivessem sentadas à sombra da melhor e maior árvore da praça. Preferiam arder embaixo de um sol inclemente, destilando maldades aos muxoxos sobre por que ela estava acompanhada de uma pequena, em vez de entender que Divina a considerava como neta. E no fim das contas, se é que dá para chamar de certa ou errada qualquer decisão de alguém na situação da mãe de Margarida, o que era melhor: dar uma vida digna à filha, ao lado de sua nova avó, seus novos primos e novas tias, ou perecer ao sabor do vento e de um homem que podia ter o mesmo sangue da pequena, mas nunca a procurou?

Margarida não respondeu. Comeu a única pipoca daquela tarde. Estava tão doce que o caramelo grudou no céu da boca, e ela sentiu o amargo do açúcar.

* * *

Quando ouvi o relato de Margarida, só consegui me lembrar do sobrado de portão vermelho a três quadras da casa em que cresci. Uma amiga ouvira falar que lá funcionava um puteiro, e, para saciar dúvidas infantis, certo dia todas as meninas se encontraram na esquina em frente à nossa obsessão. Tiramos no par ou ímpar americano qual de nós se sacrificaria pelo bem do grupo, e eu, com minha sorte de sempre, acabei escolhida.

Dei passos arrastados, olhando ao redor para ter certeza de que ninguém me reconheceria. Quando subi a calçada em frente à casa, congelei. O plano era espiar lá dentro, mas só ao ficar em frente ao portão vermelho me dei conta: eu não tinha a mínima ideia de como tirar nossa dúvida. Toquei a campainha. Quando me virei, minhas colegas riam ansiosas, como eu sem saber o que ia acontecer. Pensei em simplesmente perguntar a quem atendesse a porta se o lugar era mesmo um puteiro. Mas logo fui invadida por um sentimento de ridículo. Dias antes, quando uma amiga contou suas suspeitas, fingi choque ao ouvir a palavra puteiro, só porque as outras garotas fizeram o mesmo. Mas, ao chegar em casa, fui ao escritório do meu pai e procurei no dicionário o que a palavra significava. O resultado foi:

"**Puteiro**: m.q. *bordel.*"

Uma viagem à letra b, onde encontrei:

"**Bordel**: m.q. *prostíbulo.*"

De volta à letra p, em outra página, encontrei:

"**Prostíbulo**: casa destinada à prostituição."

Encontrei essa palavra algumas linhas abaixo e fechei o dicionário antes de terminar a definição. Devolvi o livro ao lugar exato onde o encontrei, com medo de que alguém soubesse o que tinha feito. Como eu, que senti o rosto pegar fogo depois de sair do escritório, iria perguntar na cara dura se as mulheres daquela casa se relacionavam com homens por dinheiro? Pior: e se alguém descobrisse minha vontade de continuar devorando o resto do dicionário atrás de respostas?

Por trás do portão vermelho, a fechadura da porta se moveu. Alguém saía de dentro da casa. Hesitei ser corajosa e conversar com uma mulher que com certeza era diferente das outras, talvez como a Medusa do filme com efeitos de massinha que eu e meus irmãos assistíamos aos sábados de manhã. Porém, mal uma fresta se abriu no portão, e eu logo disparei pela rua. Ouvi a voz de alguém gritando por mim, mas nunca me virei para saber se era homem ou mulher, com medo de que, se fizesse isso, eu também ia virar pedra.

Algum tempo depois da malfadada excursão ao portão vermelho, descobri que a mãe do meu avô fora, ela também, prostituta. Fingi que aquilo não tinha nada a ver comigo e me enganei tão bem que foi só quando Margarida contou do passeio com Divina que a história voltou à minha mente, de onde agora se recusa a ir embora. O que teria mudado em minha vida se eu não tivesse fugido com medo? Pela primeira vez desde que comecei esse projeto de resgatar o passado, tive vontade de viajar no tempo. E estar lá, naquele banco de praça, ao lado de Margarida, para que eu também pudesse ser consolada por Divina, pois quem sabe ela me trataria com mais carinho do que eu mesma me tratei. Pela primeira vez, senti saudade da bisa que não conheci.

Margarida pede que jantemos juntas. O marido só volta no dia seguinte, e uma velha sempre precisa de companhia, ainda mais numa fazenda enorme como aquela, declara rindo, antes de pedir que eu transcreva essa frase direitinho quando escrever sobre a conversa. Pego as panelas sem pedir permissão para abrir os armários. Já vim tantas vezes aqui ouvir histórias sobre Divina que me sinto parte da casa. Ela mesma já está tão acostumada comigo que, quando ainda estamos em dúvida entre fruta ou sorvete de sobremesa, Margarida toma um gole de seu rosé com oito cubos de gelo e sem cerimônia pergunta se eu fiquei magoada com o que ela disse sobre meu avô mais cedo.

Quando comecei a resgatar o passado de Divina, tinha certeza que seria imparcial, conduíte através do qual a história dela se manifestaria na página em branco. Mas hoje cedo, quando Margarida contou por que não gostava de Natã, meu desconforto se manifestou em uma veia esmagada na têmpora, tão óbvio que ela até titubeou antes de continuar.

Meu vô era dez ou quinze anos mais velho, e segundo a mãe, Margarida deveria chamá-lo de tio, para mostrar respeito. Mas sempre que essas três letras saiam de sua boca, ela notava uma agitação raivosa correr pelos ossos de Natã, como se tomado por um fantasma. Escrevendo agora, conecto essa descrição à fisionomia do meu avô quando contrariado: a cabeça dava uma volta ao redor do pescoço e, ao fim da circunferência, inclinava-se rígida em direção ao ombro, estalando todos os ossos da vértebra, ao mesmo tempo em que ele soltava um mudo resmungo, que, segundo minha avó, lembrava mais mugido que som de gente.

Esse jeito de deixar claro com o corpo que estava bravo me assustava tanto que eu tomava cuidado para nunca o irritar, da mesma forma que Margarida meio século antes. Ela evitava lhe dirigir a palavra, para não ter que chamá-lo de tio. Mas um dia, quando por quaisquer razões há muito esquecidas, Natã se tornou a única pessoa que podia cuidar dela numa tarde preguiçosa, Margarida não teve escolha. Estavam os dois na varanda da cozinha, ela observando as formigas em fila indiana carregando folhas e restos de comida, tão empolgada que chamou, tio, venha aqui. Natã ficou em silêncio um instante, coçando o pedaço do rosto onde a barba de três dias se encontrava com a penugem que tentava ser bigode. Afastou-se de Margarida e, aproveitando que era a primeira vez na vida em que se via sozinho com ela e podia falar seu coração, declarou em alto e bom som que ela nunca mais deveria chamá-lo de tio. A então menina desviou a atenção do caminhar dos insetos e, seguindo-o com os olhos, ficou confusa. Se ele era filho da vó Divina, por que não podia ser também tio?

Natã revirou o canteiro de flores até achar uma pedra, que mal cabia na mão. Deu meia-volta e atirou-a sem cerimônia no meio da trilha das formigas. Algumas ficaram com metade do corpo presa na rocha, outras começaram a se atropelar. Meu avô declarou que esses bichos eram sinal de mau agouro, e os varreu com o pé até a borda da varanda. Enquanto os minúsculos cadáveres despencavam do que para elas era um penhasco rumo ao desconhecido, pediu que Margarida olhasse primeiro para ele, depois para ela mesma. Era óbvio como o céu que a mãe da menina não era e nunca seria irmã dele.

Aquela era a única vez que ela se lembrava de ter conversado com meu avô, mas, na sua cabeça, esse encontro era um prelúdio de tudo que descobriria sobre ele anos depois. A mãe de Margarida, que conhecia Natã desde que ele se mudara para Goiânia, secretamente o chamava de rei de lugar nenhum. Aquele que lançava olhares de desprezo a qualquer pessoa da casa; disfarçava ofensas em forma de piada; e, quando mais bêbado, fazia questão de provocar os clientes.

Não à toa criou brigas mais de uma vez, por nenhuma razão que não alimentar o próprio ego.

Era inegável que existia algum charme por trás dessa atitude de monarca exilado, se isso fosse o que se procurava num homem. Não era fácil explicar o porquê, dado que ele nunca foi especialmente bonito, e a corcunda, que anos mais tarde faria os netos lhe apelidarem de tatu-bola, já se pronunciava contra sua vontade. Talvez fosse justamente a certeza de que o mundo lhe devia algo, aquele tom entre arrogante e brincalhão, de quem nunca pedia desculpas ou licença. De qualquer forma, em dado momento, o apelido de Natã na casa passou de "menino" a "destruidor de corações". Nessa segunda etapa da vida, costumava procurar as mais novas, que haviam chegado à casa depois dele, e prometer reinos que não tinha. As mais iludidas cediam, só para depois serem tratadas com desprezo absoluto e descobrirem que ele não se deitava com elas por amor, mas por esporte. Para provar que podia.

O que mais incomoda Margarida é que Natã tenha feito isso o tempo todo embaixo do nariz de Divina. Ela o reprimia em alguns momentos, ninguém podia negar. Mesmo assim, o filho seguia inabalável na campanha de ser coroado sultão de um lugar que não existia. No processo, a mãe parecia nada mais que uma irritação, da qual ele não via a hora de se livrar. Em certa medida, era quase como se Divina concordasse com o filho. Como se o desejo dela fosse também sumir.

* * *

Os cubos de gelo derreteram no rosé. Observando o vinho aguado, Margarida pede desculpas por tudo que disse sobre Divina. Não é certo falar mal dos mortos. Sirvo-me com um gole do vinho já quente e digo que meu avô também está morto.

Ela seca o colarinho suado. Levanta-se, escancara as janelas na esperança de que uma brisa esfrie a casa, mas nada acontece. É o mormaço antes da tempestade. Começa a ensaboar xícaras, mesmo que tenha uma lava-louças na cozinha, mesmo que eu ainda esteja sentada à mesa, mesmo que na teoria ainda estejamos em dúvida entre sorvete ou fruta. Tiro os pratos e travessas, levo-os à pia e fico a seu lado, enxaguando talheres enquanto peço desculpas se pareci agressiva. Pode ser necessário, mas não é fácil escutar o que ela pensa de Natã. Sempre soube que ele era encrenqueiro e mulherengo, mas, quando pensava no meu avô, eu me lembrava do homem que me ensinou a andar de bicicleta na estradinha de terra da fazenda. E como posso conciliar essas duas figuras, a que amava e era amado pela neta, e também a que desprezava as mulheres que trabalhavam na casa da mãe?

O molho de tomate se recusa a sair do fundo da panela, não importa o quanto Margarida esfregue. O esmalte vermelho já começa a descascar. Desiste. Enquanto seca as mãos, conta que, poucos dias após a morte de Divina, estava brincando no quintal da casa quando viu Tio João descer a ladeira dos fundos, rodeado por várias mulheres que tentavam inutilmente consolar o homenzarrão aos prantos. Natã havia acabado de passar. Reunira todos e todas que lá trabalhavam na sala principal, aquela com o gramofone estragado, para dizer que, agora que tinha herdado o terreno, iria transformá-lo num negócio de respeito. Quem tivesse clientes para receber estava proibido de fazê-lo debaixo daquele teto daquele momento em diante. Quem morava na casa precisava ir embora em no máximo uma semana. E quem vivia nas redondezas, para sempre devia fingir que não conhecia a encarnação anterior do sobrado. Falou isso com um jeito frio e distante, não como o filho da mulher que todos amavam, mas como um estranho, que mal se dava à gentileza de fingir pena pelo choque geral, por mais que muitas pessoas na sala o conhecessem desde criança.

É por isso que Margarida fez questão de contar o que pensava do meu avô. Para ela, Natã era a resposta para por que Tio João chorava, por que ela e sua mãe tiveram que sair de Goiânia e ter uma vida errática, por que eu não conheci minha bisa. A memória de Divina não esvaiu aos poucos. O rei de lugar nenhum fez questão de apagá-la.

Margarida começa a se sentir tonta. Vinho demais e comida de menos. Pede licença para ir ao banheiro. Fico sozinha com a panela de molho. Pego uma esponja de aço e ataco o fundo com tanta força que esfolo o alumínio. Com ele, vai-se também parte do tampo dos meus dedos. À minha frente, o céu noturno é cortado por um raio, que explode entre as nuvens.

LETRAS

De que adianta lembrar? Se fosse mais esperta, eu deixaria de cavoucar o passado feito minhoca tonta e viveria só no presente, até a hora em que o futuro finalmente me tirasse deste mundo. Mais de uma vez, pensei em tacar fogo neste caderno e acabar logo com o suplício. Só que, por mais que eu risque um fósforo e o deixe tão, mas tão perto dessas folhas que elas começam a se enrolar na direção da chama, eu sempre desisto. Tudo culpa desse comichão. Maldita a noite em que eu, doida de agonia, comecei a arrastar minhas costas no chão, só pra ver se as farpas do piso eram melhor que minhas unhas, e no meio do meu debater esse livreto vagabundo se exibiu debaixo da cama, com a lombada já desgrudando mesmo sem nunca ter sido usado, quem mandou comprar o mais barato também Divina?, desse jeito era óbvio que o menino nunca ia querer fazer as lições, e só pensar naquele monte de folhas já me fez esquecer um pouquinho que fosse da minha aflição. Estiquei a mão, puxei o caderno e o esparramei sobre meu colo, alcancei o lápis na cômoda e, antes de saber o que estava fazendo ou por que estava fazendo, comecei. Escrevi a noite toda, eu sentada no chão, o caderno apoiado no pé da cama, primeiro sobre as cebolas, depois sobre minha chegada nesta cidade e, quando fui ver, aquilo que estava há tanto tempo esquecido transbordou como água caindo de uma tina escada abaixo, as palavras tomando a página como o líquido escorre pelos degraus, sem nada para impedi-las, eu desenhando vírgulas-letras-pontos tudo de uma vez só e pintando de preto o papel branco, sabendo que depois ia fechar o caderno e nunca mais lê-lo, o sol cada vez mais raiando lá fora e minhas juntas e dedos cada vez mais rígidos e inchados, e eu percebendo que era isso que eu queria, porque escrever dói, mas enquanto eu sentir essa dor não preciso me lembrar da coceira nas costas, posso existir num instante no qual sou só eu e o caderno, então entende de uma vez que você não pode se dar ao direito de parar Divina, só continua, sem pausa nem pensar no que está escrevendo que uma hora, de tanto seguir em frente seus pensamentos encontram rumo. Coceira. Minhas costas sangrando. O vermelho brotando da pele. O vermelho brotando da terra de Mãinha quando eu molhava o canteiro das abóboras, o cheiro de chuva subindo do chão e me abraçando. A água deslizando pelo córrego embaixo da casa, hoje vazio e fraquinho, mas no fim do ano vai voltar a borbulhar com aquele som de rio próspero, vivo. Meu pé tocando o de Natã embaixo d'água, fluindo com força gentil o suficiente para nos deitar numa cama feita de correnteza, era o que eu falava quando nós ainda morávamos na terra de Mãinha. Os dois não conseguiam dormir à noite, eu pedia pra ele imaginar que o rio era seu colchão, e aos poucos a insônia o deixava e o menino descansava no meu colo. Até hoje ainda vejo o marmanjo que ele se tornou com o pé no córrego, ele não admite que, como eu, ainda precisa disso para dormir, que o barulho da água galopando ainda beija nosso sono. Quando pequeno, ele me perguntava por que nos livros de Mãinha a água era só azul, quando no rio mesmo ela tinha mil cores: transparente, barrenta, verde, até brilhando com a luz do sol. Azul, a cor da discórdia. Foi o que ela disse com um riso besta quando eu apontei que era esse o tom da sua saia, antes da sonsa insistir que não, era anil. Eu lutando para não gritar com aquela menina besta, que dias antes batera na porta de casa vestindo farrapos, a face suja de terra, escondida atrás de uma cortina de cabelos cor-tronco-de-copaíba. Eu perguntei se ela queria esmola, mas seu desejo era ter trabalho. Ela sabe o que se faz naquela casa? Ela responde que sim. Ela já tinha trabalhado com aquilo? A menina demora um tempo, como se não soubesse de onde tirar as palavras, diz que não, mas também isso não a assusta, quão difícil pode ser deitar com homens? Eu desconfio, peço para ela dizer se já se deitou com algum na vida. Ela coça a cabeça, não tem certeza. Meu primeiro instinto é mandar a coitada de volta para casa, mas ainda assim alguma coisa não faz sentido nesse rosto, são os lábios, que pendem pra dentro feito lençol esquecido no varal. Peço que ela abra a boca, vejo gengivas de bebê, naquela época já lhe faltavam os dentes de cima. A impressão só por aquela parte do corpo era que essa mulher, pra quem vou dar no máximo uns vinte anos, já tinha vivido muitas vidas. Ela me nota, me encara, me declara que ser banguela não vai fazer diferença, não pretende beijar ninguém ali, e a firmeza com que diz isso, como se deixando claro que era pegar ou largar, é o que me faz aceitá-la. Qual sua graça?, ela responde Hercília, por mais que pareça difícil de lembrar, tem um truque para tal. O pai havia lhe ensinado que esse nome significava orvalho numa língua antiga, então é só pensar na minha flor favorita cedinho pela manhã que o nome dela pinga na ponta da língua. Eu nunca tive flor favorita, mas ela não aceita o fim que quero para a conversa, bate o olho em mim, diz que com certeza eram rosas. Dei-lhe comida, quarto, banho e combinei que, assim que ela tivesse o próprio dinheiro, deveria começar a guardá-lo para comprar uma dentadura, e, menos de três noites depois, Hercília me aparece com aquela saia azul maldita, cheia de babados e prestações a pagar. Ralhei. Como ela podia ser idiota de gastar dinheiro assim, ainda mais quando tinha coisas mais importantes a cuidar, como a boca? E ela me diz que desde que se dava por viva sonhara em ter uma saia anil. Precisava saber qual era a sensação de usar roupa boa e nova, e não os trapos que até então mal cobriam seu corpo. Por isso se deu o direito a um luxo, às vezes a gente precisa fazer alguma coisa inútil, aquece a alma. Terminou de falar e tirou do bolso da saia azul um embrulho miúdo, em papel dourado. Sabia que era uma besteirinha, mas precisava de alguma forma agradecer tudo o que eu já tinha feito por ela, e, quem sabe, aquilo poderia também acalentar minha alma. Catei o pacote e subi as escadas dizendo que ela estava certa. Era uma besteira. Ainda é. O presente até hoje no meu armário, esquecido na gaveta de calcinhas, o embrulho com certeza já coberto por um dedo de pó, perdendo o tom de ouro. Acalentar a alma é coisa de quem não a viu escorrer pelos buraquinhos das cicatrizes, a única serventia dessa frase foi me deixar com tanta raiva que a coceira já tá quase passando, então continua, Divina, escreve, despeja tudo nessa folha. Dor na mão. Mãinha batendo o cinto nas minhas palmas quando eu tentava fugir das lições que ela passava. Mãinha dizendo que naquele mesmo chão onde minhas lágrimas caíam viveram pessoas que sonharam com uma vida melhor, pessoas que ensinaram tudo o que ela sabia, de plantar batata-doce até as letras que eu também devia aprender, pessoas que tiveram as vontades pisoteadas e agora dormiam enterradas embaixo daquela crosta árida, suas histórias esquecidas e apagadas pelo mundo, menos por ela, que tentava manter vivo pelo menos o desejo daquelas pessoas, um desejo de que seus descendentes soubessem ler e escrever, e como eu me atrevia a desrespeitar essa vontade para ir brincar no rio? Eu aprendendo cada palavra com rancor, deixando-as entrar na minha cabeça com a mesma força do ódio que eu sentia por aquela mulher, prometendo para mim mesma que nunca seria igual a ela, só para chorar feito bebê desconsolada quando ela morreu. Nunca faça promessas, foi o que aprendi quando vi Natã tendo dificuldade para ler e virei pedra feito Mãinha. Tentava disfarçar, mas, toda vez que chegava carta ou encomenda, o menino-já-quase-homem arranjava desculpa para não dizer quem tinha mandado, até que um dia lhe entreguei um papelzinho com uma oração e pedi para ele recitar, e Natã demorou tanto para declamar a primeira linha do pai nosso que antes do santificado seja vosso nome já fui pro armazém, comprei uma pilha de cadernos e lápis, e avisei que daquele momento em diante ia lhe ensinar a ler, como Mãinha tinha me ensinado, e como tinham ensinado Mãinha. Ele dizia que não precisava, já tinha aprendido suas letras, mas mentia ou pelo menos não me contava toda a verdade, não só pelo vagar com que o lápis dançava na mão, mas também porque ele não tinha nenhuma memória dos livros de cavaleiros e dragões que Mãinha guardava no seu baú, aqueles amontoados de páginas cheio de traças, que ela fazia questão de deixar claro que só estavam lá porque foram a única coisa que as pessoas que moraram naquela terra deixaram para trás, ela mandando que eu os visse apenas como treino de leitura, porque o que aquelas páginas guardavam não tinham nada a ver com nossa vida, com o lugar onde a gente estava, mas o aviso nunca me impediu de sonhar com princesas e castelos a mundos de distância do lugar onde eu não queria estar. Natã não tinha lembrança daqueles volumes, mas se recordava com detalhes do rio, suas ondas e peixes, e isso me deu certeza de que, com o neto, Mãinha amolecera, deixara-o mais brincar na água do que aprender. Eu punha meu menino-já-quase-homem para ler o único livro que encontrei no armazém, o de receitas, e mandava ele escrever várias vezes o passo a passo do feijão tropeiro, corrigindo toda vez que ele errava, exigindo que ele fosse melhor. Natã não querendo estar ali com sua mãe velha, e sim saindo com os outros marmanjos do bairro, os mesmos que ele nunca convidava para virem em casa. Uma vez o João, chegando para trabalhar, viu ele rodeado por um monte de rapazes, e Natã a contar que morava longe dali e era filho de comerciante e dona de casa, que só saíam para ir à igreja, gastando o palavreado para provar que era alguém diferente de quem era mesmo. Eu imaginava o Natã caminhando com seu bando de bajuladores até outro distrito, virando em uma esquina, se despedindo e tendo que se esgueirar por vielas escuras e pular o muro da minha casa, só para que ninguém soubesse onde ele morava de verdade, e, ao mesmo tempo em que eu rachava de rir do absurdo, o coração pinicava incomodado, pensando no trabalho que ele devia passar para fingir que era filho de uma família de respeito, da cor dos cavaleiros nos livros, e não de uma puta preta. Entende o menino--já-quase-homem, Divina, eu me dizia, na idade dele você também não queria ser a prole de Mãinha e pensava que ler não ia ser de nenhuma serventia, mas foi só por saber minhas letras que eu construí essa casa sozinha, evitando as armadilhas que os homens tentavam deixar nos contratos, a vida inteira foram sempre homens que tentaram me enganar, e, a cada vez que um deles se assustava quando eu apontava a arapuca escondida nas páginas, eu me lembrava de Mãinha falando que era só entendendo a linguagem dos homens do mundo onde nós vivíamos que eu ia poder virar alguém melhor que ela, e aquele era sempre o desejo de uma mãe. Eu já de saco cheio do Natã choramingando, queria parar porque estava cansado, e de que ia lhe servir saber como se escreve couve e toucinho? Virei vulcão e vomitei que ele podia até fingir que não era sangue do meu sangue, mas eu e ele sabíamos que não era verdade, por isso ia insistir o quanto fosse preciso para que ele soubesse ao menos suas letras, sem isso ele ia virar um inútil, e eu sabia que não era isso que ele, eu, Mãinha ou as pessoas que vieram antes queriam, pelo contrário, eu sabia que ele queria ser melhor que eu. Naquela hora, eu vi que, se pudesse, ele teria me esganado como fiz com Mãinha na noite em que eu fui embora de sua terra, mas toda essa raiva foi jogada para o livro abaixo do seu queixo, no qual ele se concentrou com um silêncio que eu nunca antes tinha ouvido vindo do meu filho. Depois daquele dia, passava o tempo todo lendo e escrevendo sem que eu o obrigasse, praticando, praticando e praticando, até que entrei no meu quarto e vi só o caderno no qual agora escrevo, com um bilhetinho dobrado em cima. Abri e vi, numa bela letra sem nenhuma mancha de borracha, o recado de Natã, dizia que aquilo era prova suficiente que ele já tinha aprendido tudo o que podia de mim, não precisava mais desse último caderno, o mesmo no qual eu escrevo agora, e por isso eu deveria deixá-lo em paz, porque, ao contrário de mim, ele não achava que estava nesse mundo só para sofrer.

O dia quase nascendo. Minhas costas pararam de coçar. Não sei por quê, mas tive vontade de abrir o presente de Hercília depois de todos esses anos. Rasguei o embrulho dourado e vi um canteiro de flores num pires de porcelana, de onde crescia um caule que serpenteava por uma xícara, até que na alça nascia um botão de rosa. Ri-chorei. Hercília tinha razão. Rosa é mesmo a minha flor favorita.

50 ANOS

Jamais gostei do Plínio. Quando pequena, fazia questão de me esconder sempre que ele visitava a loja de tecidos. Talvez fosse o barro seco impregnado na sola de sua bota. Ou quem sabe seu chapéu branco, sempre exalando um cheiro azedo, povoado por marcas vermelhas de dedos, que se recusavam a ser lavadas. Mas algo no velho amigo do meu avô me repugnava. Minha mãe e minhas tias também o evitavam quando eram crianças, e seu chapéu branco ainda podia ser chamado de limpo. Algumas diziam que o problema era o olhar dele, sempre bobo, cada vez mais atrevido à medida que elas cresciam e seus corpos mudavam. Outras argumentavam que o problema nem era esse, mas a falsidade geral daquele homem, que se vestia e agia como fazendeiro, mas sempre morou em um apartamento no Centro. De qualquer forma, ninguém gostava da pessoa em que Natã se transformava perto dele. De amável e carinhoso, tornava-se bravateiro, barulhento e bêbado, como se a mera presença do antigo colega, que ele conheceu no mesmo quartel do qual os dois foram dispensados com a honraria de serem os piores recrutas da história, fosse um ímã que atraísse a pior parte de si. Não era raro que os dois sumissem por dias a fio depois de Plínio aparecer, só para retornarem embriagados, trazendo quantias inexplicáveis de rolos de tecido, eletrodomésticos ou qualquer coisa que pudessem revender por um trocado. Conta minha mãe que uma vez os dois apareceram com um caminhão cheio de milho, que, apesar de toda boa vontade de oito crianças esfomeadas, acabou sendo parte vendida, parte transformada em adubo. De onde teria vindo toda aquela comida? Como muitas das histórias do meu avô e Plínio, era melhor não perguntar.

Daí a surpresa quando ele me ligou. Havia reaparecido no enterro do meu avô depois de um bom tempo distante, e ainda usava um chapéu branco, agora menos sujo, suponho que comprara um novo. Retomara contato com alguns de meus tios, que, ao contrário das irmãs, idolatravam aquele homem e o chamavam de padrinho. Do outro lado da linha, contou que tio Bento inclusive vinha jantando com ele uma vez por mês desde a morte de Natã, nas suas palavras uma caridade com um velho decrépito. No último encontro, Bento revelara meu projeto de retomar a história da bisa. Por isso, Plínio pediu meu número. Achava que podia ajudar, já que conhecera Divina.

Uma pausa do meu lado da linha. Longa. Até que eu agradeci a ligação, disse que retornaria mais tarde e desliguei antes que ele pudesse responder. Mesmo que já tivesse mais de noventa anos, Plínio não me convencia, nem me comovia. Pelo contrário, aquela mera ligação já me dera inexplicável arrepio na nuca, como se nenhum tempo tivesse se passado entre o agora e quando eu me escondia atrás de rolos de seda. Ajudava também que eu não queria pensar em Divina depois do último encontro com Margarida.

Esquecer o passado, infelizmente, não era mais uma opção. Durante minha investigação, a pilha de pertences de Natã, embora não completamente catalogada, ficara pequena o suficiente para suspender o aluguel do box. Foi decidido que os papéis remanescentes ficariam comigo e, quando voltei da última visita a Margarida, descobri que meu apartamento havia desaparecido, soterrado por caixas, papéis velhos e cadernos novos com minhas anotações. Eu estava presa àquelas memórias. Literalmente: outro dia me atrasei para o médico porque demorei mais de meia hora para achar as chaves do carro na bagunça. Passei a tarde na sala de espera, aguardando em vão uma consulta de encaixe, e, já no fim do dia, quando percebi que não ia ser atendida, comecei a chorar. Forte, com raiva e soluçando, de um jeito que não me lembrava de ter feito nem quando meu avô morreu. Eu sentia o peso dos olhos no consultório me julgando, tudo que passei a vida inteira tentando evitar, mas era impossível não me sentir sozinha, quase abandonada, quando parte da minha história ainda era um mistério. Escondi meu rosto atrás da primeira revista que alcancei na mesinha de centro. Era de moda, e, ao abrir as páginas, vi duas modelos negras, exibindo orgulhosamente roupas coloridas em um armazém iluminado pela luz do meio-dia, que rebatia em latas de conservas, com rótulos escritos numa língua que eu não entendia. Aquelas mulheres, tive certeza, não guardariam lágrimas com vergonha, nem aceitariam que seu passado fosse jogado fora como carne podre. Eu ainda fingia não acreditar que meu avô apagara a história da própria mãe. Mas, no íntimo, eu sabia que isso era possível.

* * *

Chego minutos antes do combinado e já o encontro me esperando em uma mesa na varanda do restaurante. Veste um paletó bege impecavelmente passado, e sua camisa branca novinha é decorada por uma gravata bolo tie, reluzindo de nova. O chapéu branco está na mesa, e sinto que essa é a primeira vez que vejo sua cabeça, coberta por uma vasta cabeleireira grisalha que até disfarça bem, mas um olhar atento revela ser peruca. Levanta-se com agilidade inesperada para a idade e me puxa uma cadeira quando ainda estou a vinte passos da mesa. Cumprimento-o e fico enjoada com o forte cheiro de sândalo, carvalho e álcool. Plínio caprichou na colônia, assim como fez questão de se vestir o melhor que podia, mesmo que no processo tenha virado um clichê de cowboy.

O que você queria me contar, pergunto me sentando, ainda nauseada. Um sorriso escapa do rosto dele. Direta ao ponto, como seu avô, decreta antes de se reclinar na cadeira e ver, através da janela, o asfalto forrado das folhas avermelhadas de uma enorme árvore de sete copas, àquela altura já quase totalmente nua.

Toma um gole de uma caipirinha sem álcool. Reclama de Natã, que o viciou naquele drinque, que ele agora só toma virgem por causa da diabetes. A amizade deles sempre girou em torno de alguma bebida gelada. Quando jovens, viviam basicamente para fazer a devassa nos bares da cidade e caçar confusão, sem se preocupar com o amanhã. Hoje, olhando para trás, percebe que essa era a razão pela qual ele e meu avô se entendiam tão bem, porque faziam questão de nunca falar sobre suas marcas e deixá-las guardadinhas no passado, que é onde elas devem ficar. Uma ou outra vez teve que carregar um Natã trançando pernas ao fim de noitadas e por isso descobriu que ele morava na Casa de Didi, o puteiro mais famoso da região. Ao mesmo tempo, nunca questionou por que estava ali, e também não fazia questão de saber.

Por isso, Plínio se surpreendeu quando, numa bela manhã, os dois voltando de um jogo de cartas que durara a noite inteira, Natã o convidou para o aniversário de cinquenta anos da mãe. Falou entre as tragadas do cigarro, sem introdução ou contexto, dizendo qualquer palavra sobre a família pela primeira vez na vida. Plínio teve a impressão que, se quisesse, poderia fingir que não o escutara e nunca mais falar do assunto, mas aceitou o convite, no mesmo tom falsamente casual em que meu avô o fez. Foi quase por acaso, ouvindo de vizinhos dias depois, que descobriu que a mãe do melhor amigo era a dona do bordel. Aquilo lhe deu um nó na cabeça: por que Natã escondia que era filho de uma das mulheres mais conhecidas da cidade? E, ainda mais, por que de repente estava organizando uma enorme festa em homenagem a ela?

* * *

Cachaça gelada, sol quente, música animada. O grande dia chegara, e Divina não podia pedir festa mais perfeita. Naquele ano, seu aniversário caíra em um domingo parado de agosto, o que atraiu não só os clientes habituais, mas toda a vizinhança, que, aproveitando a chance de tomar umas e deixar a criançada correr solta por algumas horas, decidiu esquecer que não aprovava a casa de tolerância. Como meu avô costumava dizer, não há moral que resista a caipirinha gelada, e por isso lá estava Natã, cozinhando os dez quilos de mandioca que encomendara para a ocasião, ao mesmo tempo em que recebia os convidados e arriscava uma palhinha com os violeiros.

A festa só não foi perfeita por causa da aniversariante. Plínio se lembra até hoje da primeira vez que a viu: embora Natã houvesse encomendado um belo tecido florido, e tivesse cozido com as próprias mãos o vestido para a mãe usar aquele dia, Divina saiu da casa trajando preto no corpo inteiro, começando pelos tamancos escuros que estrangulavam e amontoavam seus dedos, misturando-se à longa barra de um vestido que se estendia até o pescoço, sufocado por um pálido broche de metal que era o único adorno da roupa, ilha prateada em um oceano negro. Sentiu o ar mais pesado ao redor dela, mas tentou ignorar porque, embora parecesse assombração, ainda era a mãe de seu amigo. Ofereceu-lhe uma caipirinha. Mas, sem emoção nenhuma na voz, Divina respondeu que, no dia em que fazia anos, não punha uma gota de álcool na boca. Afastou-se sem jamais o olhar no rosto, e essa foi a única conversa que Plínio teve com ela em toda a vida.

Divina passou o dia calada, não comeu nem mesmo quando Natã serviu sua especialidade, o feijão tropeiro lotado de couve. Ficou o tempo todo sentada à sombra da tímida goiabeira, emendando um cigarro no outro. Embora continuasse servindo bebidas e contando piadas, meu avô foi ficando cada vez mais irritado com o silêncio da mãe que, como uma estátua, continuava imóvel, observando à distância os vizinhos brincarem no quintal. Quando finalmente cansou de fingir que o aniversário lhe trazia qualquer alegria, aquela escultura de pedra disfarçada de mulher recolheu-se para casa. Natã foi atrás dela com uma expressão emburrada e, algum tempo depois, voltou mais sorridente e galhofeiro que nunca. Plínio e ele acabaram com toda a bebida da casa; mais tarde juntaram-se a outros gatos pingados e esticaram tanto a noite que ela só foi acabar dois dias depois.

Plínio supunha que eu já era nascida, ou talvez estava para nascer, quando finalmente descobriu o que aconteceu aquele dia. Ele e Natã tinham saído para jantar e, no caminho de volta, fizeram uma parada estratégica na loja de tecidos, onde meu avô sempre escondia uma garrafa de aguardente dentro do colchão do escritório. Plínio precisava pegar a estrada pela manhã, por isso bebeu pouco e acabou virando babá do amigo, que, em pouco tempo, já estava brincando de esconde-esconde entre os grandes rolos de tecido do depósito. Quando finalmente achou Natã, ele estava de cócoras, admirando os ramos de lavanda espalhados sobre um cilindro de algodão branco, que se esticava até o teto. Hoje, Plínio tem a impressão de que aquele pano lembrava o vestido que meu avô fizera para sua mãe, mas o que importa é que do nada Natã começou a lhe contar que, quando foi atrás de Divina no seu aniversário, encontrou-a na cozinha, cerrando todas as janelas para bloquear os sons da festa. Tentou alertar que, com aquele sol a pino no céu, em breve o cômodo ia virar um forno se ficasse fechado. Mas a mãe não lhe deu atenção. Só começou a tirar as panelas dos armários, era dia de clareá-las.

Natã primeiro ficou ressentido dela fazer aquilo justo durante a festa. Mas esse sentimento logo deu lugar a uma raiva abismada quando percebeu que a enorme mesa da cozinha, na qual cabiam dez pessoas sem espremer, já estava tomada por caçarolas. O sol, refletido pela superfície prateada das panelas, batia no teto, lembrando a forma que a luz brinca na superfície de um rio serelepe, como aqueles em que os dois colocavam os pés nos fins de tarde, quando ele era criança e a mãe lhe fazia cafuné até o sono chegar. Desde aquela época, Divina não gostava de fazer aniversário, porque esse era também o dia da morte de sua primeira filha, aquela que se fora com poucos meses, mas muitos anos antes de Natã nascer. Na verdade, de Clarinha ele só sabia três coisas. Primeiro, ela possuía olhos brilhantes como diamantes, ao contrário dele, que tinha bolas de gude negras nas pálpebras. Segundo, a mãe amara o pai de Clarinha, ao passo que Divina nunca soube quem fora o progenitor de Natã, razão pela qual ele sempre se referiu a esse homem desconhecido com aquela palavra fria e impessoal mesmo. E terceiro, ele odiava a irmã que sempre pairou invisível sobre sua vida.

Divina voltou do quartinho dos fundos com ainda mais panelas. Esticou em um canto do chão uma toalha de mesa, pequena demais para receber todas as vasilhas, e começou a areá-las no ritmo melódico e repetitivo de uma rezadeira cantando uma ladainha. O ir e vir dos dedos da mãe pelas panelas, mecânico e indiferente, fez um bolo quente subir na garganta de Natã. Quis acusá-la de ser uma mulher dura que nunca lhe deu valor; de abandoná-lo por mais de dez anos e só tê-lo aceito de volta porque não havia mais quem cuidasse dele; e, principalmente, por ela ter estragado aquela festa, que ele fizera para impressionar uma mulher da casa por quem estava apaixonado — e Natã, mesmo anos depois, perdido naquele tecido branco em sua loja, ainda se lembrava do nome de Jamila, a paraense por quem teria deixado toda a vida para trás, não tivesse ela sumido poucos dias depois da festa. Mas, quando essa ira toda finalmente saiu de sua boca, só conseguiu tomar a forma de sete palavras murchas, doídas e pausadas.

Mãe, por que você nunca conseguiu superar?

A bucha de palha parou de raspar a superfície das panelas por um instante, no qual Divina olhou para o filho. Mesmo jovem, a cabeça de Natã já era pipocada por tufos branquinhos como algodão, ao contrário dos cabelos dela, que ficavam mais escuros com a idade. Divina então tornou a trabalhar enquanto respondeu, tão baixo que sua voz quase foi abafada pelo som da areia contra o ferro, que superar era esquecer. E esquecer era a última coisa que ela queria.

Àquela altura, a cozinha já tinha virado um forno. Natã sentiu tanta sede que deixou Divina para trás. E essa foi a última vez que Plínio ouviu o amigo falar da mãe.

* * *

Entro no apartamento apressada, reviro minhas anotações. Ainda não consegui processar tudo o que acabo de ouvir, mas agora é o de menos. O que importa foi o que o Plínio disse quando perguntei como meu avô descobriu que Divina estava morta.

Ele se inclinou na cadeira. Coçou o queixo e, com os dedos, tentou esconder uma pequena ilha de pelos, esquecidos no meio da pele lisa. Admitiu que nunca soube direito, ele vivia entre Goiânia e Morrinhos na época do falecimento de Divina, não via tanto meu avô. Mas se lembrava dele contando que foi uma das mulheres da casa quem a encontrou. Demorou o almoço inteiro até finalmente se lembrar do nome da moça, que era marcante, parecido com o de uma ponte no Sul.

No meio do mar de documentos, encontro as notas de uma visita a Margarida. Ela havia me mostrado velhas agendas, pediu que eu anotasse o telefone de suas conhecidas da Casa de Didi. Não podia atestar que ainda estivessem vivas, mas, se eu quisesse, poderia tentar entrar em contato. Entre um nome e outro encontro, anotado de forma despreocupada, o mesmo que Plínio me dissera.

Hercília Dias. A mulher que achou minha bisavó morta.

GRUDENTO

Ela espera que eu ria. Vem tentando desde que decidi pagar sua dentadura, só porque ela não conseguia economizar e ia acabar me dando prejuízo. Mal terminei de falar e Hercília se levantou num pulo, derrubando a sopa no chão e me dando um abraço tãomastãopertado que expulsou todo o ar do meu corpo. Seu hálito quente voejando no meu pescoço, tomando residência na minha nuca, conhecendo minha sem-graçeza, dizendo que não acreditava em mim, mas ia fingir que sim. Seus braços me desenlaçaram, ficaram batendo feito asa de passarinho, achava chique alguém nascida no cu do mundo ter porcelana nos dentes. Falou como criança matreira, sorrindo-rindo com os olhos, esperando que eu fizesse o mesmo. Começou ali seu festival de piadas, dias e dias nos quais se transforma em palhaça que só performa para mim, a plateia solitária para quem decidiu presentear um sorriso-riso tão grande quanto o seu. O espetáculo da vez é ela cabriolando pela praça, exibindo as pepitas brancas que acaba de colocar na boca, sibilando como não conseguia antes, cada vez mais forte e mais alto, cada vez mais leve, do peso de uma pluma, como se, a qualquer momento, entre um pulo e outro, fosse começar a flutuar, livrando-se de tudo que tenta puxá-la de volta ao chão. Vão-se primeiro os tamancos, comprou para ir ao médico porque os achou refinados, mas as tiras machucaram os pés e agora já estavam na sua mão mesmo, larga-os como se não fossem nada mais que pesos. Depois, o saco de pipocas, que ao cair lá do alto chove sobre a fonte e os casais que namoram. Por último, minha mão. E agora, sem nada ancorando-a à terra, pode nadar despreocupada entre as nuvens, e entre uma braçada e outra Hercília ganha cada vez mais distância, e no meio de um rodopio à borda do sol, olha para baixo e vê o mundo tão, mas tão longe, que agora nada mais parece importar. Desiste de descer, escolhe viver para sempre ao sabor do vento, usando seu vestido rendado como vela que a levará para onde o vento quiser, aquele mesmo vestido que ela mandou fazer sem mangas porque queria conhecer a sensação de andar com os ombros à mostra, e eu disse que não conseguia me imaginar com aquelas roupas, assim como não consigo me imaginar rindo para essa Hercília-palhaça tentando fazer cestas de basquete com as pipocas, porque ao contrário dela, eu não sou leve. Sou pesada, tanto que a cada passo sinto que vou me enfiar cada vez mais dentro da terra, meus sapatos cavando em direção ao centro do mundo, até que finalmente encontro meu lar longe de tudo, escondido por camadas e mais camadas de areia, pedregulho e lama, por mais que eu tente rir de Hercília, não tenho mais nenhuma felicidade para dar, toda a minha alegria vazou aos poucos através das minhas cicatrizes, deixando para trás só essa vazia e patética bexiga que eu teimo em chamar de corpo. Hercília para de fazer cestas com os piruás. Me lança um olhar de gato que, com o mesmo tanto de desinteresse e atenção, vasculha cada pequena parte do meu corpo, os vincos na minha testa enrugada, a esquina seca onde se encontram meus lábios, os fios de cabelo que recusam a prisão do coque. Me incomodo com aqueles olhos que beija-floreiam meu corpo, minhas mãos tateiam o nada, atrás de uma colcha para me cobrir, mas, antes que eu o faça, Hercília sorri e me responde, ainda com seu sorriso-riso, que me preparou uma surpresa.

O cheiro de amendoim grita quando abro o portão. Hercília cobre meus olhos enquanto descemos o barranco, mas não adianta, um passo e o aroma do açúcar quase beija a ponta da minha língua, outro e o perfume de manteiga é tão forte que posso vê-la derretendo na panela, cuidado com o degrau e farejo um leite condensado tão novo que escuto o estalo da lata abrindo segundos atrás. Quando as mãos de Hercília descortinam meus olhos, já adivinhei a surpresa, mas ainda tomo um susto quando vejo na boca do fogão mulheres e crianças fazendo pé de moleque aos montes, parece até que vão alimentar a cidade inteira. Foi naquele dia mesmo que Hercília cozinhou pé de moleque? Lembrar é uma coisa complicada. Você começa a puxar o fio de uma memória e aí esse fio puxa outro outro e mais outro tudocadavezmaisembolado até que sobra só um emaranhado impossível de desfazer, bagunça na qual uma mulher decide comer um doce duro feito pedra no mesmo dia em que arranca todos os dentes que lhe restavam na boca.

Não faz sentido. Mas dane-se. A história é minha. E eu a habito como bem entender.

Por isso, vou dizer que, no mesmo dia em que ganha uma dentadura nova, Hercília decide inaugurá-la com pés de moleque, e ela me conta isso com ar brincalhão, não queria saber de comer só coisas molinhas por um tempo, como recomendara o doutor leite-azedo. Aquilo é de um descabimento sem tamanho, e eu já estou indo para meu quarto, querendo mesmo é esconder a raiva por causa dos dentes que ainda estou pagando e com certeza vão quebrar, mas paro quando escuto um som que corta a casa, sinfonia de vozes abafadas, discutindo e xingando, que cresce até virar um soco mudo, lançando ao chão um corpo, com um estrondo que treme o teto e faz todos na cozinha olharem para cima, em direção ao primeiro andar.

Sou a primeira a chegar correndo no topo da escada. Natã cospe mistura de baba e sangue na madeira. Perto da porta, João com os punhos levantados. Só depois vou descobrir que os dois tinham começado a sinfonia, até que Natã estufou o peito feito pombo atrevido, deu para se encher de coragem desde que entrou no exército, e decidiu que não queria mais trocar ofensas, e sim sopapos. Meu filho partiu para cima do homem que por vários anos implorei para ele chamar de tio, e se assim o tivesse recebido no coração, saberia que João foi pugilista amador, razão pela qual respondeu à desconjuntada tentativa de briga com um cruzado limpo e perfeito, que deixou Natã fora de ar por alguns segundos. Atrás de João, Jamila assustada, com lágrimas no rosto.

Não sei se já sabia ou se só vou descobrir depois da briga, mas assim que Jamila chegou na casa, Natã lhe disparou um olhar que misturava interesse, cobiça, e, quem sabe, escondido bem lá no fundo da alma, um cadinho de afeto. Ele estava fazendo sabe-se lá o que quando me ouviu apresentar Jamila à sua nova morada, menino atrevido e curioso que era, ao descobrir que a recém-chegada ia ser vizinha de quarto, avestruzou a cabeça para a porta ao lado e lançou o tal olhar. Tempos depois a paraense vai me contar que imediatamente percebeu tudo que Natã sentia por ela, porque a vida inteira tinha sido invadida por esse tipo de olhar, um olhar que te admira, te desnuda e te engole tudo ao mesmo tempo, e como estava ali justo para fugir desses olhares, ela vai fechar a porta na cara de Natã instantes depois da cabeça dele aparecer no umbral. Já tinha esquecido do filho enxerido de Divina, até que escutou um estalido oco vindo da parede. Deveria estar dormindo depois de uma noite de trabalho, mas, por mais que fizesse questão de chamá-lo, o sono nunca vinha, e foi no meio de sua espera que ela ouviu o toc-toc-toc, era a unha de Natã batendo do outro lado da parede, e ela seguiu o som, até chegar no ponto exato onde meu filho estava e perceber que os dedos dele não iam e vinham num ritmo qualquer, imitavam uma moda de viola que ela por acaso conhecia. Natã parou de bater bem no ápice da música, esperando resposta dela, que veio através do som da unha vermelha de Jamila contra a parede, completando a música.

Ficaram dias, semanas, quem sabe até meses nesse dueto tão baixinho que só podia ser ouvido com a orelha grudada na parede que dividiam. Em algum momento evoluíram para o resto da casa, quando Natã, no meio de uma conversa, bateria o pé contra o chão em certo ritmo, e Jamila, a única outra que conhecia o código que haviam criado em noites insones, responderia também batendo o chinelo contra a madeira. Àquela altura, Jamila estava preocupada. Já sabia que gostava dele e, embora visse aquele cadinho de afeto no fundo dos olhos de Natã, não podia confiar que esse frágil sentir ia ganhar de todas as outras angústias que o menino-agora--já-homem carregava no peito, as mesmas angústias que todos os outros homens escondiam o melhor que podiam, mas teimavam em continuar encravadas em suas almas. Embora nova já sabia que nenhuma dor podia ser ocultada para sempre, uma hora ela sempre desabrocha criando uma dor irmã, e Jamila já estava cansada de carregar dores irmãs na própria alma. Por isso, resistia a Natã, mesmo que continuasse batendo com o pé no assoalho todas as vezes. Até que o batuque do sapato do meu filho a levou para a borda do córrego, no fundo da casa. Ela e Natã estavam sozinhos, observando a água farfalhar, quando súbito e sem aviso ele abriu seu coração, falando que se sentia um homem estranho em sua própria pele, mas ainda assim cheio de sonhos. De melhorar de vida, de ter ao seu lado alguém que amasse e o amasse de volta, de ter vários filhos que pudessem brincar com sua velha mãe naquela velha casa, e, quem sabe assim, quando conseguisse realizar esses sonhos, ele finalmente poderia deixar de ser um estranho no mundo. Jamila já tinha ouvido histórias como aquelas tantas vezes antes, mas não soube explicar por que, vindo da boca de Natã, aquilo parecia ter um som diferente. Talvez fosse porque pela primeira vez ela viu os olhos do menino-agora-já-homem se livrando de toda a dor que carregavam, transbordando de um amor que não vinha para ela, mas emanava de dentro da sua alma, era um amor incontrolável, do tipo que se sente sem pensar, que pode vencer toda e qualquer dor no mundo, e quem sabe ela não poderia pegar um pouco desse amor para si mesma? No fundo não é isso que todos nós queremos, algum tipo de acalanto para curar nossas feridas?

Ela se aninhou no peito de Natã. Meu filho a deixou ficar lá, ambos em silêncio, até que ela adormeceu com sua pele grudada contra a dele, um sono profundo como há muito tempo não tinha. Quando acordou, sabe-se lá se minutos, horas ou dias depois, Jamila o beijou pela primeira vez.

O amor deles durou um fim de semana, talvez menos. Quando reviver essa memória, Jamila vai me dizer que soube que tudo estava acabado quando, dias depois da confissão na beira do rio, ela acordou com o coração batendo asas feito borboleta e bateu sua unha alegre e ansiosa contra a parede. Toc-toc, ela fez esperando uma resposta que não veio. Será que não tinha ouvido? Toc-toc-toc, ela repetiu, um pouco mais alto. Decidiu tentar mais uma vez, só por desencargo, já tinha certeza que ele saíra cedo, qual outra razão haveria para não respondê-la? Toc-toc-toc-toc-toc, ela tocou insistentemente, só para ouvir um nhéémm vindo da porta ao lado. As sombras do sapato de Natã gemeram ploc-ploc-ploc em frente à fresta do quarto de Jamila, e, depois de instantes, fizeram a velha tábua na saída da cozinha ranger como o choro de um sapo gigante, e o silêncio que se seguiu lhe deu certeza absoluta. Aquele ritmo nunca mais seria completo.

Ela ainda tentou conversar com Natã. Mas agora que conseguira o que queria, meu filho já tinha começado a tratar a paraense que acreditou que podia curar suas dores em seu amor do mesmo jeito que tantos homens me trataram ao longo da vida, deixando claro que podiam até se deitar comigo, mas nunca, nem um milhão de anos, eu jamais mereceria o respeito deles. Vou tentar ao máximo me desculpar com Jamila por falhar com Natã, e em algum momento aquela pobre coitada, tão enganada quanto apaixonada, talvez cansada de ouvir meus pedidos de desculpas, vai tentar defender meu filho. Já tinha recebido aquele olhar de outros homens depois de se deitar com eles, tanto dos que pagavam quanto dos que não pagavam, era o mesmo olhar que alguém dirigia a um pedaço de carne rançoso, carregando um desejo de que aquela coisa podre sumisse da face da terra. Mas os olhos de Natã, embora imitassem esse ódio, principalmente quando ela o via com os amigos do bairro para quem ele se vendia como rei do mundo, sempre lhe deram a impressão de carregar um véu, que tentava ao máximo tapar o amor que podia transbordar a qualquer momento, o mesmo amor que o menino-agora-já-homem julgava lhe fazer fraco.

Foi indo atrás daquele afeto que Jamila o procura mais ou menos ao mesmo tempo em que Hercília me mostra o batalhão fazendo pé de moleque. Puxa-o pela mão, implora que ele fale algo, ela não merece ao menos uma palavra depois de tudo? Natã, o sangue do meu sangue, agora que não tinha ninguém por perto, pode parar de fingir que ela não tinha sido sua parceira de ritmo. Natã, o sangue do meu sangue, aproveita aquela chance para xingá-la, e cadela interesseira é a única ofensa que a paraense vai me contar por medo de me magoar. Natã, o sangue do meu sangue, atira Jamila contra o chão com violência e ameaça esbofeteá-la, e é nessa hora que João chega para defendê-la e nocauteia Natã, fazendo-o cuspir no chão o sangue do meu sangue.

O menino se levanta, quer partir para cima de João de novo, xinga-o com palavras que vou fazer questão de me esquecer, mas que abrem minhas cicatrizes, me deixam em carne viva, porque agora sei do desprezo que ele tem não só pelo segurança da minha casa, o mesmo que eu pedia que ele chamasse de tio, mas pelas mulheres que lá vivem, sou a chefe de todos e todas e tenho que tomar atitude contra alguém que desrespeita esse lar, mas, mesmo que Natã mereça ser expulso, eu não dou conta de fazer isso porque ele é também o mesmo bebê que carreguei dentro de mim, o mesmo bebê para quem depois vou oferecer uma pitanga como recompensa pelos primeiros passos, o mesmo bebê a quem eu ensinaria a nadar, mas a quem não pude cumprir minha promessa quando fui embora na calada da noite e a quem vou reencontrar só quando ele for um estranho, o mesmo bebê que vai crescer até quase bater em uma mulher para quem prometi proteção e, antes que eu perceba, minha voz fala sozinha um mudo e tímido pedido, Natã, por favor, para. Nunca falei tão baixo na vida, mesmo assim ele me vê no mundaréu de gritos que voam pela sala, e talvez tenha sido a visão de sua mãe com os olhos marejados, será que ele já tinha visto antes ou ainda vai me ver chorando depois daquilo?, são aquelas pupilas transbordando que fazem ele, se não parar de brigar, pelo menos ir embora, xingando, mas levando seu ódio para sabe-se lá onde, desde que para longe daqui.

Passo a tarde inteira acalmando Jamila e varrendo a sala, segurando dentro de mim um choro que só vai vir de noite, quando eu estiver fumando no quintal e Hercília vier me perguntar se estou bem, e eu vou dizer que sim em meio a soluços que vão vir contra a vontade, porque é como se aquela pergunta me abrisse um poço de mágoas que eu não sei como secar, e agora já acho que talvez seja esse poço, e não minhas cicatrizes, que me impede de ser leve como uma pluma que nem ela, de ter seu sorriso-riso.

Hercília põe sua mão quente sobre a minha cabeça. Me puxa em direção ao seu corpo e me aninha no seu ombro. Eu fico ali, esquecida nos braços que me encasulam como a parte de cima de uma rede, usando o peito dela de travesseiro. Eu posso contar com ela e ficar lá o tempo que precisar, e uso esse tempo primeiro baixinho-chorando, depois rindo-chorando, que ridículo, sou dramática demais, às vezes nem eu me aguento, e por fim o riso se transforma em mágoa e acabo fungando-chorando. Alto, desesperada, me sentindo culpada de dividir com outra pessoa toda a dor que deveria ser só minha, e de mais ninguém.

Quando finalmente paro, Hercília sobe a minha cabeça com delicadeza, como bibelô de louça. Seca minhas lágrimas com a palma das mãos, a água ajudando sua pele a deslizar pela minha. Antes de voltar a trabalhar, me dá um beijo demorado e caloroso no ossinho que separa o olho da bochecha. Passo a mão pelo meu rosto, sinto um grude de açúcar e amendoim onde antes estavam seus lábios.

HORTELÃ

Um ramo fraco pode pôr tudo a perder. Era o mantra do meu avô durante o tempo em que morou no sítio. Quando tomou a decisão de se mudar, já estava velho, e, mais importante, cansado de vender tecidos e mal dar conta de pagar as contas. Um belo dia, lhe deu na telha que aquele pedaço de terra, do qual era dono há quase meio século e do qual só se lembrava em feriados ou dias de festa, seria o lugar onde viveria o resto da vida. Então, numa manhã qualquer, Natã tomou café, repassou a loja para uma imobiliária, colocou algumas mudas de roupa e seu travesseiro de estimação no porta-malas do carro e foi para a fazenda.

Só se lembrou de avisar a família que não estava mais morando no seu apartamento de viúvo quase uma semana depois, quando uma mudança tão sutil quanto inegável já havia se operado em seu corpo e sua alma. De repente, não era mais um vendedor que falava da máfia dos produtores de tricoline, mas sim um camponês, que refletia serenamente sobre o ciclo dos limões-cravo crescendo no quintal, falando com tanta desenvoltura sobre os ritmos da natureza que um desavisado poderia até achar que ele passara a vida toda arando a terra. Segundo minha mãe, ela nunca viu o pai se sentir tão em paz consigo mesmo quanto naquela época.

Essa aventura durou um par de anos, se muito. Até onde sei, a origem da desilusão veio de um negócio mal explicado, mas irrecusável, que o fez plantar mandiocas da beira da casa até o fim da propriedade, só para ver a colheita ser destruída por uma infestação de mandarovás. O prejuízo foi enorme e tão repentino quanto desistira de viver na cidade, uma manhã Natã colocou apenas o travesseiro de estimação no porta-malas, deixando as roupas para trás no armário da fazenda. Tentou retomar a loja, só para descobrir que dias antes a imobiliária vendera o terreno para uma igreja. E essa é a história de como meu avô passou os últimos anos da vida só jogando buraco com os amigos, até a demência tomar conta de sua mente.

* * *

Por mais que Natã tenha passado o resto da vida defendendo que não valia a pena mexer com a terra, essa entidade caprichosa que faz o que lhe dá na telha, chega a ser engraçado que até hoje cada pessoa da família cultive um legume, erva ou hortaliça em casa, do meu primo que vende couves para um mercadinho de orgânicos até o vasinho de hortelã que sobrevive corajoso embaixo da minha janela, ainda que eu esqueça de lhe dar água. É como se o período do meu avô camponês tivesse sido sua maior herança, aquilo que realmente inspira a família, ao passo que nenhum de nós quis saber de trabalhar com comércio como ele.

Venho refletindo cada vez mais sobre a terra e o que nos foi deixado desde que mandei uma tímida mensagem para Hercília, só para receber uma resposta segundos depois pedindo que eu fosse visitá-la o mais rápido possível. Segundo ela, estivera esperando aquele contato a vida inteira. E desde o momento em que desliguei o telefone, eu mesma venho cada vez mais acreditando em destino.

De qualquer forma, o que importa é que, em alguns minutos, minha mãe vai chegar e me levar ao aeroporto, e de lá vou pegar um voo em direção a Hercília. Tomara que a hortelã sobreviva enquanto eu estiver longe.

SALSINHA

Por que, de todos os dias, justo hoje o verde não quer falar comigo?

Às vezes acho que Mãinha morreu de desgosto de tanto continuar afofando aquela terra dura e seca feito pão velho queimado, pregando que quem planta nunca vai passar necessidade, quando necessidade era tudo que a gente passava, e eu com ódio por ela se contentar com quatro batatas-doces mirradas, insistindo pra gente deixar aquele lugar, e ela dizendo que não, se recusava a depender dos outros e queria viver só do que aquele chão lhe desse, e continuava assim, cuidando do seu pedacinho de mundo, acreditando nele até o fim, vivendo para ele dia e noite, enquanto eu ia me deitar apertando as pálpebras bem apertado para meus olhos doerem mais que a barriga roncando. Quando eu fui embora de casa pela primeira vez, prometi para mim mesma que nunca ia ser como Mãinha. E agora, aqui estou eu, a um mar de distância da terra que gerava só quatro batatas-doces mirradas, raleando minha própria horta. A primeira vez que pisei no pé desse barranco, não consegui ver a casa que os pedreiros descreviam, mas consegui enxergar a horta embaixo da fraca goiabeira onde hoje planto até quiabo quando estou animada. O tempo riu da minha cara, provou que de nada tinha adiantado fechar os ouvidos para Mãinha, toda vez que me ajoelhava nesse solo, eu descobria que os ensinamentos dela faziam parte dos meus ossos, que, por mais que eu quisesse negar, ela estava certa, basta escutar que a terra fala, a terra pede. A terra diz o que fazer.

Arranco as últimas raízes podres e me afasto para admirar a minúscula floresta de trevos banhada pela luz da manhã. Quando ainda conseguia dormir, meus sonhos sempre tinham o mesmo tom desse verde brilhante-sedoso que fala comigo, uma cor que tinha a voz de todo mundo e de ninguém ao mesmo tempo, confusão de gargantas se esgoelando juntas para me dizer que todas as plantas da casa poderiam adoecer ou morrer um dia, menos a salsinha, que deveria estar sempre forte e pronta, e eu acordava suada no meio da noite e vinha cuidar dessa erva com carinho que nunca dei para ninguém depois de Saulo e Clarinha. Teria a vida sido mais fácil se Natã fosse planta, que só precisa de água, sol e cadinho de adubo? Teria eu sido uma mãe melhor se também pudesse arrancar suas raízes podres? Adianta pensar nisso agora, quando o menino é o que menos importa no mundo?

Desaforado. Bem quando mais preciso de respostas, o verde de mil vozes para de falar e me deixa sozinha.

Essa gargalhada atrevida me tira do sério. Natã não ri como gente, mas como gralha, trinando e ecoando pela casa, fazendo questão de se exibir, dane-se se para isso for preciso acordar as mulheres que ainda dormem, anunciar sua presença é mais importante que o descanso delas. Pego os quatro buquês de salsa, tomo o rumo da cozinha e encontro a mão pálida-gorda-peluda do meu filho redemoinhando pelas costas de uma das novatas, os dois tão atracados que já viraram um, e preciso fazer um gato subir arranhando pela garganta para que Natã tire os dedos do vestido dela e os esconda no pote de peta. Ele me diz qualquer besteira para disfarçar que não estava fazendo o que acabei de vê-lo fazendo, pesca um biscoito, e, usando-o como bengala, faz a mão desfilar pela mesa enquanto se gaba para mim e para a moça que conseguiu um metro de cambraia, tão branquinha e tão, mas tão barato que se um policial lhe parasse ia ter problema para provar que não estava roubando.

Quando foi que Natã começou a achar que sou tão boba quanto sua mão? Já nem lembro a última vez que o ouvi dizer algo que não fosse mentira. Que ele e a novata só conversavam, quando ele já estava quase deitando-a sobre a mesa. Que ele iria usar o lucro da cambraia pra abrir uma loja de tecidos, quando todo o dinheiro que tem é gasto em festa e bebidas. Que ele virou sargento quando João soube que ele foi dispensado por levar mulher para a casamata. Que ele morava ali, quando às vezes passa meses longe sem dar notícia. E que ele respeita demais as mulheres que trabalham para mim, quando eu sei que ele entra nos quartos delas à noite e usa qualquer desculpa para tirar suas roupas, seja a promessa de que vai pagar no dia seguinte para as céticas, amor para as iludidas ou para as ingênuas até mesmo a mentira de que eu aprovava aquilo. Quando descobri que ele usava minha palavra e meu nome, atirei Natã na sarjeta de calças arriadas mesmo e declarei para qualquer pessoa que pudesse ouvir que ele não era meu filho. Naquele momento, me vi fazendo a única coisa que resolveria essa sem-vergonhice, expulsando Natã de casa, trocando as chaves das portas e mandando João lhe encher de porrada sempre que se aproximasse. O sonho que se esconde numa caverna bem no fundo do meu coração, aproveitar que nós não temos nada a ver um com o outro para arrancar da minha vida o ramo fraco que é meu filho. Deixei o sabor daquela vingança dançar pela minha boca antes de começar a amargar, porque isso era também a única coisa que eu não ia fazer com o marmanjo que implorochorava a meus pés, mamãe me perdoe, a bunda branca exibida para quem quisesse ver, o mesmo marmanjo-menino que eu até hoje não acredito que Mãinha puxou de dentro de mim, mas de nada adianta acreditar, eu me lembro do bebê ainda sujo sendo deitado sobre meu peito, veio mais cedo que o esperado, tão miudinho que chorava feito coruja gripada. Ramo fraco ou não, Natã está embrenhado no meu ser, ele é parte de mim, sangue do meu sangue, sonho do meu sonho. Por isso, eu fingi. Fingi que acreditava na sua promessa de nunca mais errar comigo, quando no fundo sabia que com o tempo outras mulheres chegariam na casa, outras mulheres que não tinham presenciado aquela humilhação, outras mulheres que por isso o receberiam embaixo de seus lençóis. Às vezes me pergunto se ele tem prazer em se deitar com minhas meninas, ou se seu gozo é me enganar, se no fundo o que ele quer é me castigar por deixá-lo para trás na terra de Mãinha e passar anos e anos sem mandar uma carta sequer, e minha vontade é que ele entendesse que naquele momento tudo que eu podia oferecer para outro ser vivo era luz, água e adubo, bastou para a salsinha, mas eu sei que para ele não basta, para aquele homem que sempre vai esconder uma criança assustada dentro de si nada basta, se ele tivesse o mundo, iria querer outro mundo, e assim ele usa o acaso com o qual o destino lhe marcou, que um dia eu me deitei no mato com um estranho cor-de-leite-azedo por metade do preço e uma abóbora, e sete meses depois, saiu de meu ventre uma criança à imagem e semelhança do homem que conheci por cinco minutos, tão alva e pálida ao nascer, e ainda tão alva e pálida nos dias e semanas que se seguiram que Mãinha carregava sempre espanto nos olhos, perguntando se de fato era seu neto, e é esse acidente do destino que permite a Natã escolher ser meu filho ou um estranho, seja lá o que vai me machucar mais.

O conhecido-estranho continua rindo-rindo-rindo cada vez mais alto, falando-falando-falando sobre a cambraia, desfilando--desfilando-desfilando com a peta, e eu já não aguento mais ouvir sua voz, por isso faço a única coisa que sei que vai calá-lo. Pergunto se viu Jamila hoje. Ele olha para o biscoito, agora imóvel nos dedos, e se esconde atrás de um fim de risada para fingir que não me escutou. Pergunto de novo, e agora Natã mastiga a peta devagar, enrolando a massa com a língua enquanto pensa no que dizer, e, depois do que parece um século, finalmente engole a maçaroca grudenta e sonso me responde-perguntando que razão teria para conversar com ela. Ofereço minhas costas para ele, ligo a torneira para lavar a salsa e decreto que ele tem que sair logo se não quiser se atrasar para seu compromisso, mesmo que meu filho em nenhum momento tenha falado quando tinha que pegar a cambraia. Faço questão de não olhar para trás, mas tenho certeza que no seu rosto brota aquele velho sorriso de escárnio, o sorriso de quem tenta dizer que não fui eu quem dei uma ordem, mas ele quem será bondoso de obedecer. Ouço-o se despedir da novata e ir embora sem me dirigir palavra. Melhor assim. Eu preciso de quietude para tentar escutar o verde de mil vozes. Não é justo que eu tenha que tomar essa decisão sozinha.

As gotas d'água brincam de escorregar pelos cabos das folhas no escorredor, pingando pingando pingando sobre a cuba da pia por um tempo no qual parece caber toda a minha vida Mãinha Saulo Clarinha Natã o caminhão de cebola esse terreno com barranco as mulheres, todos esses momentos se espremendo na minha cabeça, lutando para serem lembrados e atropelando minhas ideias, fala comigo verde, me diz o que você quer, me diz o que você pede, mas tudo o que eu ouço é a novata de quadris largos e olhos pequenos, ficou no canto sem graça de ser pega com a mão de meu filho no vestido e sair sem dar satisfação, esperou eu dizer algo primeiro e continuou ali, pasmando em frente a uma velha perdida em pensamentos e na sua salsinha e por um tempo tão grande e ridículo que ela desistiu e perguntou a primeira coisa que lhe veio à cabeça, tem algo que ela pode fazer por mim?

Abro a portinhola enferrujada do fogão, encho-o de lenha. Jogo os buquês de salsa e mais outras ervas numa panela com água, acendo o fogo e peço para ela conferir se Jamila já acordou. A novata de ancas grandes e olhos pequenos concorda com a cabeça, sai sem esperar que eu lhe diga mais nada, ela já sabe o que está por trás daquele pedido. Todas dessa casa sabem o que significa o perfume azedo-salgado do chá de salsinha.

Derramo o líquido verde-terra fumegando na xícara metida a besta que Hercília me deu, aquela das flores que nascem do pires, porque coisas bonitas e inúteis encontram maior serventia em momentos como esse. Carrego a bandeja até o quarto de Jamila, mal bato na porta e escuto sua voz de ratinho assustado respondendo que posso entrar. Ela está de rosto lavado, o piso brilha de tão limpo e até as teias de aranha no teto foram retiradas. Certeza que não dormiu a noite inteira. Usa o fundo prateado do penico limpo como espelho e tenta fazer no cabelo algo que deveria ser trança, mas parece mais monte de macarrão grudado. Nunca ficava feliz com o jeito como suas mechas grossas se uniam, mexia e remexia a juba, tentando ficar parecida com as estrangeiras que certa vez viu no porto quando era criança, duas mulheres que nunca soube de onde vinham ou que língua falavam, mas que deixavam os grossos fios caírem orgulhosos sobre os ombros, ostentando uma beleza que ela nunca tinha visto igual até então, e quando ela me contou do desejo de ter um cabelo como aquele na primeira noite nessa casa, eu prometi que um dia ia ajudá-la a trançar as mechas, mas é só aqui e agora, sentada ao seu lado, que eu percebo que nunca cumpri meu juramento.

Deixo o chá na cabeceira e digo para ela deitar no meu colo, ordem que Jamila obedece sem titubear, sempre suspeitei que essa paraense de voz de ratinho era o tipo de pessoa que se derrete fácil diante de um chamego, e é o que ela faz no instante em que minha mão começa a correr por entre suas tranças. Massageio seu couro cabeludo com carinho, sinto o ar saindo forte e preocupado da sua boca vencer as tramas do meu vestido e esquentar minha barriga, o peito dela vem e vai no ritmo da sua respiração, tão constante que é como imagino que as ondas sobem e quebram no mar, mais ou menos como lembro que o peito de Saulo ia e vinha nos momentos finais, capturando e soltando toda a história de uma vida. Ela gira no meu colo e esconde o rosto, não consegue me olhar quando admite não saber se isso é o certo. Parte dela acha que sim, com todo seu ser. Mas algo também lhe diz que Natã a ama, e se isso for verdade, ela não deveria ficar com o fruto desse amor, dar um filho ao homem que sabia bater os dedos no ritmo da música que ela gostava, dar um neto à mulher que a recebeu em casa como alguém de sua família, eu não merecia ver meu futuro crescendo em frente aos meus olhos, aprendendo a falar, andar, nadar, ler?

O chá esfria no pires de rosas. Se deixar para tomar essa merda gelada, o gosto vai ser ainda pior, mistura de terra, limão e arrependimento. Mãinha dizia isso toda vez que me obrigava a beber, e a primeira vez que eu tive que contar para ela que meu sangue não descia tive tanta-mas-tanta-vergonha, só que ao mesmo tempo o que eu podia fazer?, Clarinha não tinha ido para embaixo da terra, ainda lutava pela vida, e ninguém queria aceitar as batatas-doces mirradas que Mãinha tinha me dado para vender, até que o dono da loja de temperos disse que pagaria não por aquelas porcarias, mas por mim, e eu quis arrancar com as unhas o rosto nojento daquele homem nojento, mas minha filha foi maior que meu orgulho e eu fui para os fundos da loja, levantei meu vestido, apoiei a perna no armário de conservas e pela primeira vez me deixei virar mercadoria, aos olhos daquele homem eu não era diferente do alho seco que caiu sobre meus cabelos enquanto ele gemia, só algo que ele podia comprar como bem entendia, mas eu continuei, porque me deixar ser vendida me dava leite, pão e às vezes até um naco de carne, que eu levava pra Clarinha, Mãinha e eu. Até que o sangue não caiu, e eu achando que Mãinha ia me deserdar de novo, quando ela só foi até o quintal e colheu a salsinha que tinha plantado no mesmo dia que eu voltei para casa com o pedaço de carne, e ela agarrou pelos cotovelos a menina envergonhada e em frangalhos na qual eu tinha me transformado, me levantou do chão e, massageando os ombros para ver se assim eu parava de chorar, me disse que eu nunca devia ter vergonha de fazer aquilo que fosse preciso para que a vida pudesse continuar, e que às vezes é preciso deixar morrer para poder continuar, porque esse é o único jeito que ela pode e deve ser. Ela então levantou meu rosto abaixado do mesmo jeito que puxo o queixo de Jamila, fazendo ela me olhar do mesmo jeito que eu olhei Mãinha anos atrás, e agora sou eu quem repito o mesmo que ela me disse então.

Escolhe.

Só você pode saber o que é certo.

Mas, não importa o que você escolher, eu vou estar aqui.

Jamila me olha por um tempo, até que pega o chá na cabeceira e o bebe de uma vez só, como se remédio fosse. Elogia a beleza da minha xícara, pede para ficar sozinha pelo resto da tarde. Vai continuar tomando a bebida azedo-amarga três vezes ao dia, junto com todas as refeições, por algumas semanas, até que seu sangue vai descer. Nunca mais vamos falar desse assunto, porque não há mais nada a ser dito.

LEMBRO

O círculo vermelho é limpo por um pedaço úmido de papel. A mancha some como se nunca houvesse existido, ou melhor, quase some, já que uma gota escapa do lugar onde há pouco havia um mosquito esmagado. Feita de sangue diluído em água, a lágrima solitária abre caminho pela parede, mistura-se à tinta branca e some no calor do concreto. Sobra somente seu rastro, que em breve também será coberto pelo pó.

Enquanto observo o destino do meu sangue, outro borrachudo me belisca a orelha e se afasta zunindo. São cinco e vinte quatro da manhã, só preciso chegar à casa de Hercília às dez, mas já abandono qualquer esperança de pegar no sono. Mesmo que tivesse me lembrado de comprar repelente, meu medo já seria o suficiente para me deixar acordada. Seria medo a palavra certa? Até ontem de manhã, eu diria que era se muito uma difusa vontade de que aquele dia chegasse logo. Mas eu ainda não tinha conversado com minha mãe ontem de manhã.

Ela mandou mensagem cedo, oferecendo carona até o aeroporto. Aceitei com um quê de surpresa: desde a fatídica ligação para contar da Clarinha desconhecida, era como se Dona Elizabete tivesse decidido ignorar tudo que envolvia Divina. Passou a tratar minhas descobertas com um silêncio entre o desinteresse e o desprezo; para ser sincera, antes do celular tocar, nem sabia se ela se lembrava da minha viagem para conhecer Hercília.

Dona Elizabete perguntou se tínhamos tempo para uma parada rápida antes do voo. Ligou o rádio na mesma AM que sempre ouvia no carro, aquela do locutor da voz de veludo que tratava engarrafamentos como uma metáfora da vida. Esse som, misturado ao sol quente e o ar-condicionado, sempre confortavelmente ajustado numa temperatura glacial, me fizeram pegar no sono antes do segundo quarteirão.

Clarinha, tão crescida, mas até hoje dorme assim que o motor liga, ela disse para me acordar. Ofereceu-me um lenço para limpar o fio de baba já seca no queixo e pediu que eu descesse. Queria me mostrar algo.

Talvez tenha sido a curva abrupta que a rua fazia na esquina, como cobra se contorcendo. Ou quem sabe o minúsculo terreno baldio logo ao lado, uma ilha de mato no meio das outras casas, ocasional e erraticamente aparada ao longo dos anos. O que importa é que, depois de alguns segundos congelada, finalmente pus em palavras o calafrio que arrepiava minha nuca. Estava na mesma rua onde havia passado boa parte da infância, e, se na minha frente agora havia uma congregação, anos atrás, naquela mesma dobra do quarteirão, existiu a loja de tecidos do meu avô e, antes disso, a Casa de Didi.

Minha mãe insistiu que entrássemos. Recusei. Ou, para ser mais exata, plantei o pé no asfalto. Por que ela havia me levado até ali? Dona Elizabete, já quase na entrada da igreja, deu meia-volta e, semissentada no capô, ficou a meu lado. Pegou um cigarro, vício da juventude abandonado quando engravidou, e começou a tragá-lo casualmente, nem se dando ao trabalho de me contar quando voltara a fumar. Em vez disso, só admitiu que, desde minhas primeiras descobertas sobre Divina, não conseguia dormir direito. O sono não vinha, não importava o tamanho do cansaço ou quantos calmantes devorasse. Na verdade, sempre que deitava a cabeça no travesseiro, de seu peito emanava uma raiva incontrolável do próprio pai. Durante a vida inteira, Dona Elizabete acreditou que Divina era um ponto cego em sua história; aceitara a avó paterna como mistério e se acostumara a contar a trajetória da família apenas pelo lado da mãe, que sempre soube com relativa riqueza de detalhes da saga de seus antepassados para fugir do confuso pedacinho da Europa, às vezes chamado de Alemanha, às vezes de França. Mas agora a noção de que uma parte de sua existência havia lhe sido conscientemente negada a machucava. Não é fácil passar a vida toda se achando uma coisa para depois descobrir que você na verdade é outra.

Ela alcançou a piranha cor de mogno com brilhantes, que sempre ficava de prontidão na alça da bolsa, e levantou a parte de trás do corte de cabelo chanel para refrescar a nuca, já suada após poucos minutos fora do ar-condicionado. Reparei a maquiagem especialmente carregada embaixo de seus olhos. Sempre odiara as olheiras levemente arroxeadas, traço de família que se recusava a sumir, não importava quantas horas de sono acumulasse. Agora que não vinha conseguindo dormir direito, imaginei minha mãe gastando quilos de base para esconder o que sempre julgou ser a parte mais feia do seu rosto.

Precisou tomar um gole de água gelada antes de admitir que só recentemente encontrara alguma espécie de conforto, quando começou a ir àquela igreja. Não soube explicar direito por que tomou a decisão. Só sabia que um dia, exausta de ser ignorada pelo sono, levantou-se da cama, pegou o carro, dirigiu até ali e, ao voltar para casa horas depois, dormiu dois dias seguidos. Desde então, visitava o templo toda semana, estranhamente nunca para rezar: era como se só estar naquele terreno de alguma forma a acalmasse. Por isso, quando recebeu no grupo da família o atestado de óbito de Divina, que eu encontrei há poucos dias revirando uma das inúmeras caixas de documentos de Natã que tomavam meu apartamento, minha mãe decidiu me levar ali, no lugar que mais lhe trazia paz de espírito recentemente, para fazer um pedido que ela sabia ser injusto. Talvez eu não devesse conhecer Hercília.

Perguntei o que ela tinha contra aquela mulher. Dona Elizabete acendeu outro cigarro e admitiu que, na verdade, não era Hercília que a preocupava. O que a incomodara mesmo tinha sido ler o atestado de óbito e descobrir que minha bisavó não morrera da forma que Natã havia contado. Dona Elizabete olhou para os próprios pés e, como se hipnotizada pelo chão logo abaixo, admitiu que, embora Divina merecesse ser resgatada do esquecimento, talvez não desse conta de saber mais sobre essa história. E pelo que via das minhas próprias olheiras, elas mesmas cada vez mais profundas, suspeitava que eu também.

Tomo banho, sento na cama. Tento assistir à TV. A cada vez que mudo de canal, incapaz de me distrair com desenhos antigos ou batidas policiais, me arrependo um pouco mais de vir para cá. São sete e doze da manhã e, por mais que ontem eu tenha respondido ao pedido de Dona Elizabete declarando que ia me atrasar, assim que nos despedimos, e não precisei mais sustentar uma fachada determinada, senti uma irresistível vontade de fugir. Sair do aeroporto, passar o fim de semana escondida em um quarto de hotel lá perto, alguns dias depois avisar que a viagem não tinha dado em nada e jogar fora esse arquivo onde relato a história da bisa. Por que deveria ser eu a única a sustentar o peso daquela história? Será que a própria Divina desejaria ser lembrada por uma covarde, que não conseguiu nem tocar a campainha de um bordel?

Sete e cinquenta e cinco. Não sei mais como enrolar. Avisei que ia chegar às dez, mas já subo na caminhonete alugada e dirijo mais ou menos uma hora até chegar em uma fazenda próxima ao Povoado de Almas, forrada por um chão verde de soja prestes a ser colhida, exceto por um sobrado quase no outro extremo da cerca, metade vermelho, metade azul, porque, como havia me avisado Hercília, uma vez seu sobrinho calculou errado a quantidade de tinta necessária para pintar a fachada, e ela acabou se afeiçoando ao erro que dava à casa personalidade.

Como não quero aparecer muito antes do combinado, sigo reto, guiando sem destino, deixando o balançar da caminhonete e o som da roda no cascalho me distraírem. Após alguns quilômetros, o GPS para de funcionar. Desligo o carro no meio do nada. Por mais que só precise fazer o U e voltar por onde vim, durante um breve instante sou invadida por um medo infantil, temor irracional que naquele momento faz todo o sentido do mundo. Nunca mais vou achar meu caminho de volta. Quando eu era pequena e passava as férias no sítio do meu avô, ele costumava me levar para passear pelas fazendas da região. Após minutos caminhando para onde meu nariz apontava, eu percebia estar perdida no meio do cerrado, rodeada por um tapete de palha seca, que se estendia no horizonte até se unir ao teto azul-claro. No ápice da minha agonia, Natã aproveitava para me ensinar: é isso que acontece quando você caminha sem saber para onde vai. E, por mais que eu chorasse, ele se recusava a me dizer como voltar para o sítio.

Não aguento mais enrolar. Religo o motor e faço o caminho de volta. No pátio, sou recebida por uma mulher para quem dou no máximo trinta anos. Percebo que ainda são nove e trinta e sete, peço desculpas. Ela me tranquiliza. Hercília, na verdade a tia-avó daquela que me recebera, já estava pronta desde o começo da manhã.

Dos degraus, descem dois homens. O primeiro carrega uma cadeira espaguete verde limão, a favorita da anciã da casa, como vou descobrir mais tarde. O segundo carrega uma senhora aninhada ao colo como bebê. Ela se vira na minha direção, e, por trás dos seus cabelos — tingidos de acaju, mas finos como barbas de milho — um olhar atento de criança pequena me vasculha. Hercília pede que o sobrinho-neto a deixe no chão. Apoia-se na bengala, caminha os últimos passos que faltam até ficarmos corpo a corpo e pede que eu me incline, para que seus velhos olhos me enxerguem melhor. Obedeço. Ela dá um carinhoso beijo na minha bochecha e diz que tenho o mesmo cabelo de Divina.

* * *

Ficamos a sós na varanda, eu e ela observando o vento uivar forte, prestes a arrancar os pés de soja. Hercília fecha os olhos numa calma inabalável, como se aquela corrente fosse brisa, não vendaval prestes a arrancar os lençóis do varal. Estica o braço e deixa o ar brincar pelo seu corpo, inflando as mangas que se desprendem da pele e flutuam por instantes.

Quando finalmente abre os olhos, pergunta o que achei da sua camisola: quando viu aquela malha povoada por gatinhos cochilando em cestos de lã, sentiu que precisava comprá-la especialmente para a ocasião. Tento disfarçar, mas meu olhar me entrega. Hercília ri gostoso diante da minha expressão contrariada. Se viva estivesse, Divina também a repreenderia se ela aparecesse com roupa nova.

Ela se reclina na cadeira espaguete e põe as mãos sobre a barriga. Começa a refletir que, embora hoje conseguisse rir leve, quando menina, o que mais queria era fugir da sua casa miserável, da sua infância miserável, do seu pai miserável. O casebre de taipa onde crescera ainda existia; ficava no caminho entre a fazenda e a cidade, escondido pelo mato para um viajante distraído, sempre visível para ela. Quando voltou a Almas com dinheiro suficiente para comprar um pedacinho de terra para si e cada um dos irmãos, fez questão de deixar o antigo local de pé e inabitado. Tomara essa decisão para que, enquanto estivesse viva, aquele monte de tábuas podres fossem um lembrete de tudo o que Hercília não queria ser.

Bebe um gole d'água e, inquieta, decide caminhar um pouco. Não consegue levantar, as varizes nas pernas e o cansaço nos ossos fazem com que o corpo não acompanhe a vontade do espírito. Vou até ela, envolvo-a num abraço e gentilmente a ajudo a ficar de pé. Começo a acompanhá-la nas dez voltas diárias que ela precisa dar naquela varanda. Mais ou menos no começo da segunda, Hercília pede desculpas por sua confusão, a qual, diga-se de passagem, nem podia atribuir à velhice. Ela começou a história pelo seu regresso àquela terra, mas, antes de chegar lá, precisa contar como partiu e, principalmente, sobre os dez ou quinze anos em que conheceu Divina.

O pai dela não era só miserável. Esperava que os filhos tratassem sua palavra como mais sagrada que a do próprio Criador. Isso nunca combinou com o espírito de Hercília; e, num dia no qual ela já era crescida por fora, mas ainda menina por dentro, discutiu sobre qualquer assunto já esquecido e, como resposta, o pai lhe deu um murro, tão forte que arrancou os poucos dentes podres que lhe restavam na boca.

Aquela foi a última vez que o viu com vida. Assim que sentiu o gosto metálico de sangue e a língua constatou que não havia mais nada em suas gengivas, sentiu que a ausência era também não ter mais nada que a prendesse ao lugar onde nascera, crescera e sofrera. Levantou-se e foi embora sem olhar para trás. Dormiu na beira da estrada e em boleias de caminhões até chegar em Goiânia, mais ou menos em 1950 ou 1951, não sabia direito porque a verdade é que durante todo aquele tempo esteve perdida. Não de localização, estava exatamente onde queria, a cidade nova onde diziam sobrar empregos. Hercília estava era perdida de si mesma. Era como se a queda dos dentes não a tivesse separado só daquilo que a machucava, mas também amputasse tudo o que a fazia ser uma pessoa, transformando-a menos em gente e mais numa máquina de sentir ódio. Bastava um "oi" dito com bom humor — qualquer palavra simpática só podia significar que estavam caçoando dela, a mulher desdentada e espancada pelo pai — e pronto. O sangue fervia, as palavras borbulhavam boca afora e a raiva continuava sendo produzida dia após dia, corroendo-lhe alma e estômago.

Começou a se deitar com homens para ter o que comer. Fazia isso nos becos, atrás de caminhões, ou, se de noite fosse, no banco da praça mesmo. E foi justamente ali que um homem grande, rude e branco como a lua, enquanto guardava o membro já flácido, disse que Hercília tinha talento para trabalhar na casa de Didi. Não soube explicar por quê, mas aquela fala, dita num tom entre elogio, galhofa e desprezo que só homens grandes, rudes e brancos como a lua sabem fazer, por alguma razão não lhe fez o sangue ferver. Apenas grudou na cabeça. Talvez porque tenha imaginado que um puteiro era lugar melhor para ganhar trocados do que becos, caminhões ou bancos de praça. Mas hoje, anos depois, Hercília sente que era para ter sido assim, que uma intuição havia sobrevivido à fome e à raiva; uma intuição que a fez encontrar Divina.

Pelo que lembrava, quando bateu na porta pedindo emprego, minha bisavó a recebeu de braços abertos, porque Divina era esse tipo de pessoa, alguém capaz de enxergar a mulher que ainda existia por baixo da máquina de sentir ódio. Aceitou-a sem nenhum questionamento. Deu-lhe banho, comida, morada e trabalho. Deu-lhe também o conselho mais importante de sua vida. Foi no dia em que elas passeavam na praça depois de Hercília ganhar os novos dentes. Ela caminhava com dor e mantinha a boca fechada por vergonha da dentadura, e se alguém percebesse que ela carregava porcelana atrás dos lábios? Divina então disse, num tom firme e delicado, que não era ela quem devia se sentir mal pelos dentes. O mundo é que devia ficar com as faces rubras por nos transformar em máquinas que um dia acabam se destruindo. Fora a escolha de Hercília continuar viva, e isso devia ser carregado com orgulho. De certa forma, aquelas palavras, junto à dentadura que minha bisa lhe deu de presente, eram o que faltavam para trazer Hercília de volta ao mundo. Para que ela parasse de ser consumida pelo ódio.

Demos mais voltas pela varanda que o planejado, e, embora Hercília esteja ofegante, são meus os olhos que estão marejando. Poupo-a de ouvir toda minha história. Só relato minha frustração por ela, assim como Cebola, Margarida e até Plínio terem uma imagem tão forte e marcante de Divina, enquanto eu, que carrego seu cabelo, nunca vi sequer uma foto dela.

Demoro para notar que Hercília se senta sozinha na cadeira espaguete. Fiquei tanto tempo apoiada na mureta, presa em meus pensamentos, que só agora a vejo já distante de mim, admirando o frenético tilintar do sino dos ventos. Nem preciso fazer a pergunta que me trouxe até aqui. Ela já começa a contar que minha bisavó e meu avô nunca tiveram uma relação fácil. Por isso, quando Natã ligou avisando que comprara um sítio perto de Goiânia, e gostaria que a mãe o conhecesse, Divina aceitou de imediato. Para ela, era a chance de se reconciliar com o filho, após um bom tempo que os dois ficaram sem se falar.

Era abril de 1967 quando o telefone da Casa de Didi tocou. Hercília atendeu e a escutou bêbada e xingando do outro lado da linha. Aquilo a preocupou. Embora todas as mulheres da casa soubessem que Divina escondia garrafas dentro do colchão, nunca a escutaram tão fora de controle. Perguntou onde estava Natã e, após um longo silêncio do outro lado da linha, minha bisavó só respondeu que fora sozinha a vida inteira. E isso não ia mudar justo agora.

Hercília ficou preocupada. Tentou contatar Natã, mas só conseguiu descobrir por meio de conhecidos que ele saíra do sítio direto para Morrinhos, aparentemente para ficar algumas semanas cuidando da loja de tecidos que tinha naquela cidade antes de voltar à fazenda e buscar a mãe. Aquilo não tranquilizou Hercília. Pelo contrário, deixou uma sensação ruim atrás da orelha. Decidiu visitar a chefe aquele fim de semana mesmo e trazê-la de volta se fosse preciso, mas contratempos dos quais já não se lembrava fizeram com que fosse ao sítio só quase dez dias após a ligação.

Quando Hercília chegou ao pedaço de terra no qual mais de meio século depois meu avô tentaria viver a aposentadoria, a primeira coisa que chamou a atenção foi o silêncio absoluto, como se o sítio tivesse parado no tempo. Conferiu que não havia ninguém na fazenda e chamou Divina. Não teve resposta. Ansiosa, demorou um tempo tentando abrir a porta de madeira da casa, até descobrir que ela precisava ser erguida, para não travar em um tijolinho mais pronunciado do piso. O local estava abafado e à meia luz por causa das grossas cortinas fechadas da janela. Quando deixou o sol entrar, Hercília viu garrafas de bebida ocupando toda a mesa da cozinha e outras quebradas no chão, com o conteúdo já quase todo evaporado. Ao lado, uma cadeira tombada, perto de uma porta de armário alta e entreaberta. Notou também restos de biscoitos cobertos de formigas pelo chão, com certeza atraídas pelos farelos que se destacavam na ardósia. Encheu uma panela com água e seguiu o caminho das danadas para inundar a colônia. Mas estacou e deixou a caçarola cair no chão quando viu a porta escancarada do quarto. Lá dentro, Divina morta sobre a cama. Correu até ela e sentiu o corpo já gelado, uma das pernas inchada como balão. Em cima do colchão, ao lado da cabeça, encontrou um caderno aberto, no qual a minha bisa havia escrito com carvão uma única palavra:

Lembro.

Aquilo já acontecera há tantos anos que ela não tinha certeza, mas supunha que foi pedir ajuda na fazenda vizinha. Chegou já no fim da tarde, razão pela qual só conseguiram levar o corpo a Goiânia no dia seguinte. Voltou à Casa de Didi e não saiu da cama por dois dias ou duas semanas, não sabia direito. Recusou-se a ir ao velório e só não tirou a própria vida por consideração a Natã, que poderia querer saber como a mãe fora encontrada. Mas, por alguma razão que jamais soube explicar, meu avô nunca a procurou. Talvez tenha ouvido a história por outras pessoas e se dado por satisfeito, talvez não. O que importa é que, ao mesmo tempo em que não tinha notícias de Natã, os irmãos de Hercília entraram em contato pela primeira vez em anos para contar que o pai estava morto e enterrado. Não pensou duas vezes. Pegou um ônibus e voltou para casa, deixando toda a vida em Goiânia para trás, não lhe restando dúvida que era aquilo que Divina desejaria, que ela cuidasse dos seus agora que não era mais máquina de ódio.

Fico calada pelo que parece uma eternidade. Hercília percebe minha frustração, fica ela também em silêncio, esperando minha vez de falar. Conto que, quando perguntado como a mãe falecera, meu avô de fato dizia estar fora da cidade na hora da morte de Divina mas, pelo que sabia, um belo dia o coração dela parou de funcionar durante o sono e pronto, morreu como passarinho. Só recentemente, ao encontrar o atestado de óbito, eu descobri que Divina na verdade havia quebrado a perna e isso, somado a uma cirrose aparentemente nunca diagnosticada, deu início à infecção generalizada que a vitimou. E agora, ao saber sobre o real fim de sua vida, a sensação não é de fechamento. Pelo contrário, minhas dúvidas não só continuam como aumentam.

Por que meu avô escondeu essa informação durante toda a vida? O que tinha acontecido entre os dois para ele deixá-la sozinha na fazenda e ela se entregar à bebida? Por que minha bisavó não ligou para ninguém depois de quebrar a perna, mesmo tendo um telefone na fazenda, item raro na época? Sabia que, ao ficar deitada naquela cama, escolhia morrer? E, principalmente, por que sua última palavra foi "lembro"?

Hercília fica em silêncio. O vento sopra cada vez mais forte, agora sim arrancando os lençóis do varal. Sinto-me novamente como uma criança perdida no meio de uma planície infinita, sem saber como achar o caminho de volta.

51 ANOS

Algumas palavras nasceram para ficar enterradas.

Você sabe disso, Divina. Então por que, de tudo que podia ser dito no mundo, sua boca precisou arrotar justo aquilo que uma vez lançado nunca mais poderia ser esquecido? Foi culpa daquele terno grande demais, rebolava incômodo no corpo de Natã e mesmo assim ele continuava convencido dentro daquela roupa bege-sem-graça subindo da barra da calça arrastada pelo sapato até o rosto tomado por um orgulho estúpido, e foi com aquele traje e orgulho desmedidos que ele entrou na cozinha depois de um mês inteiro sem dar notícia e começou a alardear para quem quisesse e não quisesse ouvir que iria me levar para jantar no melhor lugar da cidade, hoje era aniversário de sua mãe e ela merecia do filho o bom e o melhor. Uma vida inteira ignorando a data, e agora ele deu para querer encher esse dia de floreios e fru-frus, primeiro com aquela festa ano passado para a qual convidou todos os vizinhos, até os que cruzam a rua quando me veem por medo de estarem do mesmo lado da calçada de uma cafetina, aquela festa na qual Natã ocupou meu quintal com essas pessoas que podem até deitar com as mulheres da casa, mas fingem que sou invisível porque nada assusta mais que uma preta com poder, aquela festa que Natã se ressentiu por eu não gostar, aquela festa na qual percebi que também sou invisível para ele, que nem reparou que cada segundo daquele circo me invadia e me revirava, como o chão sendo preparado para receber cova. E agora Natã decidiu esconder a mágoa do ano anterior com esse jantar chique em um restaurante chique, porque ele é assim, o tipo de pessoa que varre tudo que o incomoda para baixo de uma superfície perfeita e imaculada, ou que julga ser perfeita e imaculada, sem saber que, como seu terno, essa fachada não lhe cabe. Mesmo assim, insiste em fingir que não usa calças duas vezes seu tamanho, mas uma roupa que lhe cai confortável e, mais importante, está de acordo com as regras de vestimenta do restaurante metido a besta, você mesma não pode aparecer lá usando essa roupa preta, diz antes de abrir a caixa embalada por um laço vermelho e mostrar meu presente, um vestido de seda azul que ele espera que eu use, e por mais que eu tente dizer que não quero ir, Natã aponta que fez as reservas há meses, e algumas das moças, fazendo a plateia que ele tanto queria e precisava, insistem, eu não posso perder a chance de ir em um lugar tão novo e disputado, e esse coro de vozes me carrega contra minha vontade até o quarto, onde ponho o vestido em cima do meu corpo nu, fico em frente ao espelho e me sinto ridícula feito palhaço de circo, exibindo esses braços pelancudos como massa mole, essas batatas da perna grossas como montanhas, esse meu peito duro e machucado. Sinto raiva de Natã que, pelo segundo aniversário seguido, me presenteia com uma roupa que ele julga ser melhor para meu próprio corpo, seu desejo de me vestir à imagem que ele espera é tão grande que não está nem aí para o luto que quero guardar por sua irmã, aquela que morreu no mesmo dia em que nasci, aquela que ele nunca conheceu e por isso nunca entendeu a dor de perdê-la, a dor de ver minha mão sobre seu peito naquele último momento em que ela tentou puxar o ar só para a vida lhe escapar em pleno movimento, e tenho raiva de outra vez estar escrevendo sobre isso, o que eu mais queria era nunca mais pensar nesse final, mas não dou conta, a verdade é que hoje minha alma é povoada só pela morte de Clarinha, a filha que amei, e Saulo, o homem que amei. Se eu não fosse esse bicho idiota chamado mãe, queimaria esse vestido e me esconderia em um buraco escuro, mas como tenho medo de magoar aquele estranho chamado filho, que escuto chutando pedrinhas no jardim enquanto me espera, homem crescido que ainda veste roupas tão grandes que lhe dão aparência de criança, alguma coisa me faz sair de casa usando a raiva e o vestido que o homem-menino me deu, e, quando eu chego na calçada, um facho de luz explode e me cega. No susto, ponho a mão sobre o rosto e Natã reclama, a luz veio do flash de uma câmera e a foto ficou horrível agora que me escondi. Ele pede que eu sorria e se prepara para bater outra, mas fico tão, tão incomodada de me imaginar para sempre capturada usando essa roupa perfeita e imaculada que o proíbo de continuar, dou um grito tão alto que o força a afastar os olhos da câmera, e é só o medo do meu filho que faz aquela frase que nunca deveria ser dita parar quase na ponta da língua, um segundo antes de ser lançada ao mundo. Natã disfarça com um sorriso e diz que tudo bem, eu não preciso ficar brava, aquele presente era meu mesmo. Ele faz a máquina cara rodopiar na mão enquanto explica que uma vez eu lhe disse que gostava de desenhar quando pequena, termina a pirueta da câmera e estica-a na minha direção, aquela lembrancinha deveria ser vista menos como algo intimidante e mais como um pincel, com o qual de agora em diante eu poderia desenhar com a luz. O metal gelado da câmera na minha mão esfria a raiva, e aquilo que eu nunca devia ter dito pelo menos por ora desce garganta abaixo. Pobre Natã, nunca teve a mãe que queria, uma mãe menos preocupada em sobreviver e mais preocupada em viver, uma mãe que quem sabe poderia lhe ensinar a tracejar o céu, flores e rostos. Fica em frente ao portão da casa e pede que eu estreie o presente tirando uma foto dele. Através do visor da câmera, me lança um sorriso confiante, como só alguém possuído pela certeza de que a vida é perfeita e imaculada pode dar. Bato a foto e, um tempo depois, vou entregar o filme para Cebola, pedindo que ele o revele e faça com elas o que achar melhor, eu mesma não vou dar conta de olhar para o rosto de Natã sabendo que poucas horas depois vou dizer aquilo que vai magoá-lo para sempre, porque aquelas palavras não tinham ido embora, tinham se escondido na base da minha garganta e precisavam ser ditas naquele dia, de qualquer jeito. Tenho certeza absoluta disso quando chegamos ao restaurante metido a besta e me vejo cercada pelo branco no mármore das bancadas, o branco nas paredes sem uma mancha sequer, o branco nas toalhas de mesa que mesmo à luz de vela gritam água sanitária, o branco das pessoas no salão. Na entrada, levando-nos à nossa mesa, jantando ou cozinhando, todos os rostos ali são brancos como imagino que a neve deve ser, pasmaceira clara que só é quebrada aqui e ali pelo rosa que brota das bochechas embriagadas. Me sinto menos dentro da cidade onde moro há anos e mais dentro dos livros de Mãinha, aqueles nos quais cavaleiros cor clara-de-ovo salvavam donzelas cor clara-de-ovo, e, naquelas páginas todas, o único tom um pouquinho mais escuro vinha dos dragões que se escondiam em cavernas e eram mortos no fim, e agora eu, a preta sozinha-perdida-sem-lugar, sou o dragão no faz de contas desse restaurante, um faz de contas no qual o branco deve engolir tudo o que não é ele mesmo, e percebo isso pelo jeito desconfortável que o garçom me oferece a cadeira e fala comigo, como se tivesse que lidar com um monte de estrume, e não com a mulher que por acaso é a mãe de Natã, ele sim tratado bem por que, mesmo da cor de beiju tostado, e não leite-azedo ou clara-de-ovo, meu filho consegue se passar por uma dessas pessoas que se vestem bonito e falam bonito nesse restaurante fedendo a manteiga, e o garçom nem imagina que ao fim do jantar Natã vai sair abalado e vou ser eu quem vai pagar a conta, a preta que precisa sempre ficar para trás e dar um jeito de viver com os cacos que a vida deixa. Por que, por que eu falei aquilo que nunca devia ser dito?, teria eu guardado minhas palavras não fosse o creme branco trazido pelo garçom branco que me tratava como merda?, um creme que deveria ser gostoso, mas era só rançoso e quente demais, e o queimar do céu da boca se misturou ao vestido azul no qual eu não queria estar, aos anos de Natã se deitando com as mulheres que eu acolhia na casa, ao desprezo com o qual ele me tratava todos os outros dias do ano no qual não queria competir com a memória da irmã, ao gosto de cebola bem lá no fundo da colher, e precisei cuspir tudo de volta no prato, aquele creme intragável misturado com o amargor da minha alma. Todos os olhos do restaurante se viraram para mim, as pessoas nas mesas, as estátuas de mau gosto de anjinhos com pintinhos de fora, e meu filho que se pudesse naquele momento mesmo me mataria e faria os anjinhos me levarem de volta para a caverna de onde eu saí. Ele tenta disfarçar o olhar de ódio e garante que não tem problema, eu talvez não esteja acostumada com sabor refinado como aquele, mas eu conheço bem o gosto de uma sopa grossa e gordurosa, com pouco sal e cebola demais, quero mais é ir embora. Natã dá um murro na mesa, é a primeira vez na noite que vejo ele se despir da sua superfície perfeita e imaculada, e ele diz que não entende por que eu preciso ser sempre tão seca, tão sem vida, por que não posso aceitar uma coisa boa sequer? Mas ele não me fez algo especial, só me trouxe para um lugar que não me quer, e onde eu também não quero estar, e essa é a grande diferença entre nós, o que ele vê como sem vida na verdade foi meu jeito de continuar viva, e ele se aproveita de um acaso do destino, de que saiu de mim, mas não saiu à minha imagem e semelhança, para não entender ou fingir não entender que não me falta felicidade, me sobra sobrevivência, certeza que se eu baixar a guarda esse vai ser também o dia em que a vida vai me pegar desprevenida, como ela fez com o Saulo no dia em que ele voltava para a casa e teve o rosto estourado por uma pedra. E vai ser isso, não me entender, que ele sempre vai fazer, eu sei que um dia ele irá encontrar uma mulher branca como essas lançando facas pelos olhos, uma mulher que vai lhe dar filhos não à sua imagem e semelhança, mas cada vez mais brancos, filhos que vão lhe dar netos, bisnetos e tataranetos cada vez mais clara-do-ovo, pessoas que vão para sempre fazer questão de não entender ou fingir não entender, porque esse é o destino da ignorância, se reproduzir e apagar tudo que não combina com a superfície perfeita e imaculada. Natã fecha o rosto entre as mãos e fica lá por um tempo, perdido em pensamentos, as palmas o envolvem como máscara mortuária. Quando se sente pronto, desvela a face, vermelha e com os olhos inchados, teria ele chorado ou dado um silencioso grito de raiva embaixo da palmas?, e me responde que, se eu o entendesse mesmo, saberia que se pudesse ele se casaria com Jamila, isso sim. Mal as palavras saem de sua boca e entendo que foi por isso que Natã me trouxe para o jantar, para me agradar enquanto me colocava numa armadilha, dentro da qual esperava que eu lhe revelasse onde está aquela que agora dizia ser a mulher da sua vida, ideia que talvez seja verdade, mas à qual se agarrou só depois que Jamila sumiu, na calada da noite e sem dar notícia, como eu sumi da vida dele por quase uma década quando o deixei com Mãinha. Mas, antes de ser consumido por essa ideia e depois da sova que João lhe deu, Natã simplesmente ignorou a existência da mulher que diz ter amado, e por quem com certeza tinha sido amado, a mulher que todos os dias ainda batucava a música dos dois na parede do quarto sem receber resposta, a mulher que eu e todas as pessoas da casa implorávamos para ele não destinar apenas frieza, a mulher que por algumas semanas carregou um filho no ventre só por achar que era isso que ele queria, e nem Jamila nem eu nunca soubemos se ele não sabia ou fazia questão de não saber sobre o chá de salsinha. Natã inclina o corpo na minha direção, derrubando uma taça de vinho sobre o creme branco e azedo, insiste que eu conte onde ela está, com tanta concentração, tanto ódio no olhar, que nem nota as mangas de seu terno gigante se esparramando sobre a mesa e se tingindo da mistura rosa que se formou dentro do prato, mas eu não posso contar o paradeiro de Jamila, porque na noite em que foi embora de casa, implorou que eu nunca revelasse ao meu filho para onde ela iria, porque os meses de distância lhe ensinaram que Natã poderia quem sabe até ser o amor de sua vida, mas era também um amor que lhe fazia mal, e quando algo te consome tanto, o melhor remédio é a distância, e eu dei nela um abraço apertado, sentindo suas bochechas quentes contra as minhas bochechas quentes no frio da rodoviária, prometendo que levaria para o túmulo o destino daquele ônibus no qual ela ia subir, e é por isso que eu sequer ouso escrever nessas linhas para onde ela foi, porque isso sim é algo que nunca deve ser escrito ou dito em voz alta, e é por isso que eu resisto à fúria de Natã, que senta ao meu lado e para o rosto a centímetros do meu, cospe restos de vinho e ódio, dizendo que eu lhe devo essa resposta, e percebo que ninguém nesse restaurante vai me ajudar, nem as pessoas que me lançaram facas com o olhar quando cuspi o creme, mas agora fingem que Natã não agarra meu punho com força, nem o garçom que deve achar que é o direito do meu filho cor-do-beiju-tostado fazer o que achar melhor com essa preta, nem os anjinhos de pinto de fora, que agora viram seus rostos para longe da cena, escondendo-se embaixo do robe de um deus que, se existe, já há muito tempo me abandonou, a única arma que tenho para manter a minha promessa e resistir à fúria de Natã são aquelas palavras, que nunca deveriam ser ditas, mas precisavam nascer para o mundo naquele exato momento e saem desesperadas e sem pausa

Natã, eu não quis te ter.

E assim, a raiva do meu filho some como se nunca houvesse existido. Seu ódio é substituído por algo parecido com um choque, ou talvez uma velha certeza que sempre sentiu nos ossos, mas só agora sabia ser verdade, não fruto de sua imaginação. Ele solta meu punho e me observa esperando a continuação das palavras que nunca deveriam ter sido ditas, e não mais podiam ser retiradas. Quando eu morava em outro mundo, a milhares de mundos de distância, e ainda me deitava com homens por metades de abóbora, Mãinha sempre fazia chá de salsinha quando o sangue não descia, e depois de algumas semanas tomando aquela bebida amarga e salgada, eu era descascada por dentro, e era ruim, mas era preciso. Sempre sempre sempre foi assim. Menos na vez de Natã. Quando o chá de salsinha não fez meu sangue descer, eu o tomei muito mais, baldes e baldes e baldes, até acabar com a salsa na horta de Mãinha. Dei murros contra a barriga. Gritei, esperneei e exigi, para um deus que naquele momento eu já não acreditava existir, que tirasse aquela criança de mim, que me desse aquela dor de ser descascada por dentro que eu odiava mas que naquele momento desejava mais que tudo no mundo, ansiava que me desse a certeza de que eu não precisaria carregar outro filho no meu ventre, não depois de perder a filha com a qual eu sonhei. Mas de nada adiantou. Minha barriga continuou a crescer, e eu não tive outra escolha. E essa foi a primeira briga que meu filho ganhou, sua vontade de vir ao mundo vencendo meu desejo de matá-lo.

Natã não diz nada. Apenas repara a manga do terno bege-sem--graça-imaculado-perfeito empapada de rosa, mistura de creme branco gorduroso e vinho vagabundo. Pega o guardanapo, molha-o no copo d'água e esfrega a mancha com força. Tanta força que a mão incha e uma pequena fenda se abre na lateral de seu dedo, soltando um minúsculo girino de sangue. Quando percebe que não vai ser o suficiente, ele desiste e, pela primeira vez, fala algo depois de tudo o que contei.

Vou ao banheiro para ver se isso sai.

Essas vão ser as últimas palavras que vou escutar da boca de meu filho. Desde aquele dia, nunca mais ouvi sua voz.

LUTO

Aquilo que eu não queria mais fazer. Não parar de guardar luto, assim eu abriria mão de todos que vieram e se foram antes de mim. É dizer eu luto, eu lutei, eu lutarei, eu lutaria que me cansa. Minha vida se passa em um ringue de boxe, durante uma partida infinita que eu sempre perco por nocaute, e mesmo assim preciso ser arrastada de volta ao tablado e continuar lutando, se eu não estiver lá para batalhar, que graça vai ter o espetáculo? Essa ideia de que não posso escapar da armadilha que é brigar, perder e tentar outra vez é o que faz minha pele arder em carne viva. Beber já não é o suficiente para aplacar a coceira. Nem escrever. Eu já sei por que insisto na pinga, mas por que teimo em continuar a riscar lápis sobre o caderno, ainda mais quando isso me põe em guerra com minhas memórias?

Tive notícia de Natã. Não dele. Um conhecido o viu em Morrinhos, está morando por lá desde a noite em que eu disse o que nunca devia ser dito, e saber que o filho que eu não quis, mas não consigo deixar de amar, passou quase uma década tão perto, mas tão longe de mim machuca mais que as unhas ralando e esgarçando minhas costas. Eu já tive algum momento bom na vida, ou foi tudo luta e sofrimento? Segundo o conhecido, Natã divide aluguel com um amigo de rosto espichado feito tábua de passar roupa, o mesmo que conheceu no quartel. Finalmente conseguiu abrir a loja de tecidos, e os negócios vão bem, razão pela qual vem pensando em abrir comércio em Goiânia. Pelo conhecido, mandei-lhe uma carta contando que o médico cor-de-leite-azedo finalmente descobriu por que eu me coçava tanto. Pensando agora, faz todo o sentido do mundo que ele tenha me deixado esperando mais de hora no consultório, depois de dizer que só ia pegar o resultado dos exames na recepção, os mesmos exames que ele reclamou quando insisti em fazer, pra que gastar todo esse dinheiro numa coisa cara e complicada?, toalhinhas molhadas no chá de camomila eram tudo que eu precisava, tudo que alguém tão desprezível quanto eu merecia, ele não falou isso em voz alta, mas não precisava, seu tom já deixava isso claro, e lá estava eu, esperando naquele consultório quente e escuro, meu lencinho de rosto já encharcado de suor, quando o doutor voltou, e eu pronta para explodir com ele antes de perceber algo que nunca imaginei ser possível. Estava mais branco que o normal. Era como se seu rosto tivesse congelado por dentro, seus músculos, agora incapazes de se mover, arregalavam seus olhos tantotantotanto que eles ameaçavam cair para dentro da cabeça. Quando os lábios finos de papel perderam o medo de se mover foi para dizer que ele não sabia como, mas meu fígado estava parando de funcionar. Travou ali naquela frase, como mula que se recusa a continuar, e tive eu que perguntar o que aquilo significava. Seu tempo está acabando, o cor-de-leite-azedo disse com tanta tristeza e arrependimento brotando da garganta que, pela primeira vez senti, ele deixava de me ver como chateação e enxergava ali uma pessoa. Não sabia dizer onde exatamente estava o fim da linha, poderia ser amanhã ou em vinte anos, mas tinha certeza que era impossível salvar meu fígado, e aquela seria a causa de minha morte. E eu fiquei lá, sem ter o que responder, só reparando, pela primeira vez na vida, que a parede na qual o doutor encostava a cabeça suada-tremendo era toda estufada, e eu não quis fazer nada mais que estourar a bolha de tinta com meu dedo, estripar aquele muro tira por tira até revelar o esqueleto de concreto. O médico foi o primeiro a falar, brigou por eu nunca ter lhe relatado nada, por não insistir que ele fizesse os exames mais cedo, e aquele tom de voz, novamente recuperando a arrogância, deixando claro que, passado o choque, ainda fazia questão de me ver como chateação, não como pessoa, me fez levantar e ir embora sem olhar para a cara daquele imbecil para quem eu tinha pagado tanto dinheiro só para ele comprar móveis caros e nem se dar ao trabalho de consertar a infiltração na parede, só para ele falar que minha coceira não era nada quando eu sabia que era algo, só para ele me deixar morrer por desprezo. E contei tudo naquela carta para Natã, nunca tinha falado para ninguém e parecia que meu filho deveria ser o primeiro a saber do meu fim, mas até onde sei, ele só pegou o envelope das mãos do conhecido e, sem sequer abri-lo, rasgou-o na frente do emissário e mandou ele nunca mais voltar ali.

Outro round que perco.

Até quando darei conta de seguir lutando?

CAFÉ

Bocejo. O café esfriou na xícara, Hercília se oferece para trocá-lo. Digo que não precisa. Só ando cansada, mas, por qualquer razão, a presença dela me tranquiliza.

Eu devia ter voltado para o hotel ontem, mas a ventania piorou no fim da tarde e, apesar da minha insistência em pegar a estrada, era mais seguro dormir na fazenda. E agora, depois de ajudar Hercília a alimentar as galinhas bem cedinho, comendo queijo com banana a seu lado, sou invadida por um inesperado conforto, a mesma tranquilidade de uma manhã de domingo preguiçosa em casa de vó. Procuro naqueles que viveram com Divina alguma sobra de carinho que, imagino, ela teria por mim. Como se essa refeição fosse o mesmo que chegar à Casa de Didi quando pequena e descobrir que ela teria amassado broas para me receber; e depois de comer eu ficaria a tarde toda na rede com a bisa, ouvindo-a contar histórias sobre o seu e o meu passado, sobre o nosso futuro. Como se aquele encontro pudesse matar a saudade daquilo que nunca vivi.

Hercília pega minha xícara e se levanta. Despeja o café velho na pia, troca-o por um quentinho. A luz da manhã se derrete sobre a térmica e o líquido preto escapa devagar pela tampa apertada. O vapor da bebida dança no ar quando faço uma pergunta, que vinha se formando em minha cabeça há muito tempo, bem antes dessa manhã com banana e queijo.

Divina por acaso não quis viver?

O café para de cair. Hercília fecha a tampa. Olha pela janela. Continuo, insegura, mas indo em frente agora que já falei aquilo em voz alta. Qual outra resposta poderia haver para alguém que, ao que tudo indica, se deixou ter uma morte lenta? Às vezes as pessoas simplesmente desistem da vida. Não seria o caso da minha bisa?

Hercília volta devagar para a mesa, senta-se com cuidado para não machucar os quadris, pousa a mão sobre a minha. Com um tom doce e calmo, diz, com certeza absoluta, que não. Para ser sincera, nunca viu uma mulher com tanta vontade de viver quanto Divina.

SOBRE VIVER

Só não tirei minha vida por causa dos fungos. É exagero, mas também é verdade. Há dias, decidi-não-decidi me matar, de que adianta uma vida se esfolando com a carne à mostra escondida embaixo do vestido, melhor acabar logo com isso, abrir mão do sofrimento e da invalidez que estão na esquina esperando, eu tive certeza quando abri o armário pensando que se não encontrasse o que queria ia esquecer da ideia e aguentar mais um pouco, mas se houvesse uma lâmina de barbear nas gavetas seria um sinal da vida dizendo que não me queria mais e pronto, eu ia beber uma garrafa de pinga inteira, entorpecer meu pescoço e rasgá-lo de ponta a ponta, simples e rápido, já que até acredito em morrer, mas cada vez menos acredito em sofrer. Encontrei um velho pacote enferrujado, com certeza de algum dos homens que procurou minha cama ao longo da vida e deixou para trás trocados, cacarecos e dores no meu quadril, senti o frio do metal na ponta dos dedos, mas parei porque a caixinha estava ao lado da câmera. A mesma que Natã me deu, a mesma que só usei uma vez no dia em que ganhei, para depois esquecê-la na gaveta das calcinhas. A incerta-certeza de me matar foi menor que a curiosidade. Larguei o pacote de lâminas, abri a câmera e vi, no lugar onde fica o filme, uma penugem de bolor. Minúsculos dentes-de-leão que tinham tomado as entranhas do presente e o comiam por dentro. Eu não podia ir embora desse mundo antes que o mofo fosse arrancado da lente, antes que a luz voltasse a passar por dentro da máquina, antes que ela pudesse voltar a bater fotos.

No dia em que Natã me deu a câmera, achei que ele estava presenteando a pessoa errada, do tanto que já tinha esquecido de passar tardes e tardes desenhando na beira do rio o mundo que eu ia criar para mim mesma, do tanto que já tinha esquecido de passar noites e noites desenhando o Saulo, eu traçava sua figura com carvão nos versos das caixas de batatas, ele posando envergonhado, não gostando-mas-gostando quando eu dizia para tirar a mão de cima do pinto, e eu rabiscava ali, ao lado das terras e dos restos de cascas grudadas, as linhas do corpo do homem que eu amava, e como ele era vaidoso eu lhe dava uma pelanca exagerada embaixo do papo, criava uma pança grande demais na barriga, deixava seu membro do tamanho de um feijão, era tudo culpa daquela luz fraca demais tarde da noite que não me deixava ver direito, eu brincava e Saulo ria gostoso, sua vergonha sumia quando ele estava comigo.

Ele então apagava a vela.

Deitava na cama.

Tirava minha roupa.

E eu sentia a pele quente dele contra a minha.

Nós dois afundávamos juntos no escuro do quarto. A única linha que nos ligava ao resto do mundo era a luz do luar na fresta da janela empenada que nunca fechou direito, e aquilo era tudo que eu precisava para ver a única coisa que importava.

Nosso encontro.

No dia seguinte, ele pedia que eu me livrasse dos desenhos, tinha medo que alguém visse aquilo e não entendesse nosso jogo, eu armava uma fogueira e via o Saulo pelancudo, barrigudo e de pinto pequeno ser consumido pelas chamas. Às vezes imagino que escondi na mala um daqueles pedaços de papelão, que magicamente não apodreceu com o tempo, mas manteve ali uma última lembrança do Saulo, e esse desenho vai estar ao meu lado na cama quando eu começar a sentir um arrepio galopando nas minhas pernas, convidando meus dedos a me tocar, procurando aquele momento de estar afundada no escuro do quarto, o instante em que as chamas vão consumir meu corpo feito cabeça de fósforo. Mas o fogo nunca vai vir porque vou lembrar que a vida não é o que poderia ter sido mas o que é, não sobrou nenhum papelão velho e, mesmo que tentasse desenhar o Saulo, não ia conseguir, ele há muito deixou de virar corpo nariz orelhas olhos papo barriga e pinto para se transformar em lembrança, memória de quando eu achei que tinha controle sobre minha vida, quando fui atrevida e achei que uma preta nascida no cu do mundo podia ser feliz, assim como meus desenhos na areia apagados pelo ir e vir do rio aqueles rabiscos nunca foram feitos para durar, assim como o destino desse caderno onde despejo minha alma vai ser sumir para sempre, ser comido pelas traças, nunca mais ser encontrado porque ficou esquecido em um baú, ao lado de livros de receita, desenhos de crianças e listas de compras, ou quem sabe talvez ser usado para limpar manchas de café quando não encontrarem pano de chão, vai que assim essas folhas finalmente têm alguma serventia. Mas, se o fim de qualquer coisa é desaparecer, o que resta? O que vai ficar de mim quando eu me for, depois que eu já estiver embaixo da terra, os vermes de barriga cheia de tanto roer minha carne e meus ossos tendo que ser levados para uma gaveta mais abaixo porque os recém-falecidos precisam de espaço?

A imagem da casa de Divina, tão longe e tão ocultada pelo que mais chama atenção, a esquina da rua fazendo um S torto, que ninguém reconheceria o lugar onde eu vivi se não soubesse o que procurar, talvez isso seja tudo que vou deixar de lembrança, uma foto que tirei num dia qualquer, só para ver se a câmera tinha voltado a funcionar, e o dono da loja estranha, me deu um rolo inteiro de filme para testar se o serviço ficou bom, por que não o usei todo? Hercília ao meu lado também reclama, acha que eu devia ter batido uma foto dentro da casa para mostrar as meninas e seus filhos, e minha vontade é responder a verdade, eu gostava de desenhar quando conseguia imaginar um futuro, e agora que já sou passado, de que adianta ficar batendo fotos?, mas a verdade ia ser longa e melosa demais, eu teria que contar dos exames com o doutor cor-de-leite-azedo, e se minha vida já não foi do interesse de ninguém, minha morte também deveria ser assunto só meu, então apenas respondo que não soube o que fotografar, agradeço o serviço, pago o que devo e sem nem esperar resposta já saio da loja, para não dar chance daquela conversa continuar, ando rápido para ver se assim, suando embaixo do sol, andando em meio aos carros que congestionam a praça, me espremendo por entre as pessoas que saem apertadas da missa, eu consigo pensar com mais clareza, ou talvez só não pensar mesmo, porque, agora que os fungos deixaram a câmera, não tenho nenhuma razão para ficar viva, sou apenas defunta andando sem pausa nem pensamento no sentido contrário dos vivos dos fiéis emocionados das crianças esqueletos nos ombros de seus pais famintos pedindo um milagre, agora tudo o que me interessa é meu fim e como eu não tenho coragem de deixar ele chegar quando quiser e me pegar desprevenida imagino a calda vermelha-quente-viscosa brotando do meu pescoço hoje à noite e invadindo o quarto até tudo virar escuro.

Respiro. No meio dos gritos e buzinas da praça, meu nome pipoca. Não deve ser alguém me chamando, por que convocariam um cadáver? Olho para trás e vejo Hercília, vencendo um bloqueio de corpos para me alcançar. Ela se detém a centímetros de mim e me estica a máquina fotográfica. Eu a esqueci na loja, Hercília diz enquanto seus olhos, como sempre me deixando nua, respiram no mesmo ritmo que seu peito, que é também o mesmo ritmo do meu coração, agora reverberando tão forte dentro nos ossos que um restinho de seu tum-tum chega ao meu braço, onde a mão suada e gelada dela esfria minha pele quente, conecta nossos batimentos. Minha vontade era lhe dar um beijo tão grudento quanto o que ela me deu anos atrás, mas nunca tive coragem, quando nossos lábios se encostassem, eu também ia dividir minha dor com ela, e por isso nós duas passamos todos esses anos nesse lenga-lenga de minha autoria, um fogo que eu sempre apagava por medo de ver alguém tendo que viver o mesmo que eu vivi. Digo que ela pode ficar com a câmera, eu só iria deixá-la no armário pegando mofo outra vez, e continuo meu caminho, deixando-a para trás, antes que ela tenha qualquer chance de me convencer, apagando o fogo que não tem razão de voltar a queimar justo agora, não tão perto da reta de chegada, não tanto tempo depois. Quando foi que eu queimei pela última vez? Quando senti o último fôlego do Saulo, o homem que amei? Quando coloquei o último naco de terra sobre o túmulo da Clarinha, minha própria criança esqueleto? Ou depois que Mãinha ficou triste?, ela tão prostrada após a partida da neta que não conseguiu mais levantar da cama, e eu, vendo a mulher que odiamava definhar, voltei a abrir as pernas, só para que nós duas tivéssemos o que comer. Dia sim dia também dezenas centenas milhares de marmanjos suados e fedidos montando em cima de mim e encarando a parede, porque quase sem exceção todos preferem olhar para o concreto do que para mim, e foi aí, durante uma das inúmeras bombeadas que me faziam revirar o estômago, que o fogo sumiu para sempre, enquanto eu me perguntava como um mesmo ato podia ser tão bonito e tão nada. Empurra empurra empurra para dentro da Divina qualquer resto de desejo, esconde-esconde-esconde dentro dela a ideia de que ela pode ser feliz, entochatochaentocha a verdade contra a qual ela quer lutar, que ela não é uma pessoa que merece ajuda quando seu homem for encontrado à beira da morte ou quando sua criança ameaçar partir desse mundo ou quando sua mãe não tiver mais forças para plantar batatas. Termina o serviço, limpa o pinto, sobe as calças, joga algumas notas de dinheiro no chão e vai embora, deixando Divina para trás, deitada na terra, com areia no rego, afinal ela na verdade é só coisa, animal ou buraco ambulante, e só essa ação repetida mil vezes todo santo dia já vai ser tão óbvia que ela nunca vai precisar ouvir você, a vida, dizer isso em voz alta, se um dia você falasse isso na cara dela, capaz que perderia um pouco a graça, porque Divina não ia voltar ao ringue para ser derrotada de novo se soubesse que não tem nenhuma chance de ganhar, se eu fosse menos besta, se tivesse mais dignidade, já teria desistido há muito tempo atrás, teria deitado ao lado de Mãinha no catre, apertaria ela forte num chamego bem gostoso e deixaria a fome nos consumir, até que daqui a muitos anos algum ladrão desavisado entraria naquele casebre e encontraria dois cadáveres abraçados, tão pedra e tão parte da falta de decoração que aí sim eu teria utilidade outra do que ter me transformado nessa insuportável máquina de sentir dor, essa velha babona que só dá conta de abrir esse caderno para escrever o quanto sofre, quantos lápis já gastei nessa ladainha interminável?

Por que eu não dou conta de acabar logo com minha vida?

Por que eu insisto em adiar esse momento para sentar à beira do córrego e passar a tarde inteira com os pés na água?

Minha pele enruga embaixo da correnteza. Digo para mim mesma que ainda estou aqui porque quero aproveitar esse momento, sei lá se para onde vou tem rio, e é melhor mesmo me matar de noite, quando todos estiverem dormindo, tem crianças na casa, vai que uma delas encontra meu corpo brincando de pega-pega? Ainda penso que não quero o trauma de alguém na minha consciência quando um pé mergulha na água, nada até mim e usa seus dedos pintados de vermelho para acariciar a batata da minha perna. É Hercília, e pendurada no seu pescoço a câmera fotográfica, que ela insiste em me devolver. Não só porque sabe que foi presente de Natã, logo eu é quem deveria guardá-lo, mas também por não achar justa essa história de eu mimá-la com mil agrados sem deixá-la retribuir o favor. Fico confusa, a xícara com rosa nascendo na alça já era a melhor coisa que eu havia recebido na vida, mas ela mal me espera terminar para apontar que não é isso que ela queria, e eu sei. Diz isso lançando um olhar que me despe, com tanta força que sinto as bochechas arderem por dentro.

Os dedos do pé de Hercília cirandam ao redor da minha perna, ir-e-vir suave feito seda. Meus pelos se arrepiam todinhos. A água corre gelada-gostosa embaixo do meu joelho, fazendo cosquinhas. O sol brinca de esconde-esconde atrás das folhas que farfalham nas copas das árvores. Meus olhos fecham, os lábios derretem para o canto da boca. O que estou fazendo ali sozinha a essa hora do dia, Hercília pergunta, e sua voz me fisga de dentro de mim. Levanto da beira do rio e me afasto, não posso ser cretina e resolver essa lenga-lenga horas antes de me matar, quero só ir para casa em silêncio, mas algo dentro de mim diz que lhe devo algum tipo de resposta, e, depois de um tempo procurando as palavras certas, o que vem são as únicas palavras que tenho, o mundo me transformou em máquina de sentir dor, e isso é tudo que sou. Ela gargalha alto, tão forte que lá em cima, depois do jardim, passando pela casa, pelo barranco e pelo portão, com certeza as pessoas param de andar na rua, os insetos deixam de se esconder nas árvores, os pássaros estacionam no ar, todos se perguntando a razão daquele riso. Toma um fôlego e me pede desculpas, não queria caçoar de meu sofrimento, mas não deixava de achar engraçado que eu tivesse usado as mesmas palavras que ela. Isso deve ter acontecido há seis ou nove anos, na vez em que Hercília se agoniou de receber notícias, tanto do pai que jurara nunca mais ver quanto da família que se arrependia de nunca mais ver. Queria poder sentir sua raiva sozinha no quarto, ou pelo menos esse era o plano, porque, ao tentar fechar a porta, puxou-a com tanta força que a maçaneta se soltou da madeira. Não consigo nem ter minha ira em paz, Hercília berrou forte-estridente-chorando, jogando todos seus demônios para o mundo, ele que os tinha colocado em sua cabeça, ele que os recebesse de volta. Eu entrei no seu quarto correndo-ofegando--preocupada, e só depois de muito tempo de gritar para as paredes e esmurrar a cama aquela mulher agoniada conseguiu falar coisa com coisa e contar a história da perda de seus dentes, que segundo Hercília lhe transformara em máquina de sentir ódio. Essa era a razão pela qual ria, por eu ter roubado seu jeito de falar, com a diferença de que enquanto ela era tomada pela fúria, eu era feita de dor. Levanta-se da beira do rio fugindo do sol, para ao meu lado embaixo da sombra do pé de manga e declara brincalhona que minha angústia não tem absolutamente nada de original, mas se sente comovida que eu tenha decidido trazê-la ao mundo com as mesmas palavras dela. Talvez seja prova de que a escuto sim no fim das contas, as letras saem de sua boca agora sem brincar, mais para séria-comovida-leve, e, no frigir dos ovos, o que mais importa no mundo não é poder falar e ser ouvida? Congelo enquanto nasce na minha cabeça uma lembrança daquele dia, ainda tão discreta e enevoada que não consigo lembrar o que teria dito para Hercília, conselho que ela garante ter mudado o rumo da sua vida. Ela bate os pés com esmalte vermelho na terra para se secar, e, enquanto me deixa para trás e volta para dentro da casa, fala alto, para que as mulheres e crianças na varanda possam ouvi-la, que naquele dia eu disse que se o mundo a havia transformado em máquina, era o mundo quem deveria ter vergonha, não ela, que só quis uma coisa, viver e continuar a viver.

Viver e continuar a viver. Como se não fosse suficiente roubar o que disse Hercília, também precisei tomar as palavras de Mãinha, ela deu esse mesmo conselho na noite em que me achou pelada no chão do quarto, minha barriga roxa e meu braço cansado do tanto que eu já havia me esmurrado tentando me livrar da criança que um dia seria o Natã. Choraminguei de raiva pelo chá de salsinha não funcionar, meu sangue ainda não descia, e o que eu devia fazer agora, como é que uma puta preta poderia ter um filho depois de já ter vivido o suficiente para encher cinco vidas diferentes e não dar conta de nenhuma?, como é que eu deveria trazer uma alma nova ao mundo quando a minha própria já estava enterrada embaixo da terra, dividida em duas malhas?, como é que eu deveria ter forças para fazer aquilo quando eu tinha certeza que era fraca? Mãinha sentou ao meu lado e deitou minha cabeça no seu colo. Ela já tinha sido tão carinhosa antes a ponto de me ninar feito criança? Sua mão dura e calejada sempre foi tão gostosa, ou só tinha ficado agora, ao abrir caminho embaixo do meu cabelo? Por que eu nunca tinha percebido que a pele dela cheirava a coco? Seu corpo ia e vinha como uma rede, na qual eu tinha deitado em tarde preguiçosa, e ela olhou para o alto, em direção às estrelas que se assanhavam na janela, e lá ficou perdida em pensamentos durante a eternidade de alguns segundos, até começar a sussurrar uma música que eu nunca tinha ouvido antes, uma melodia que nascia do fundo do estômago e vibrava todos seus ossos enquanto subia para a garganta e, no meio do caminho, os murmúrios cantados de Mãinha faziam minha cabeça tremer no mesmo ritmo daquela melodia, e se eu quisesse poderia até assobiar junto, porque minha impressão era que eu conhecia aquela canção desde antes de nascer. Mãinha terminou de cantar, tomou um gole de ar e me disse, com uma calma que parecia brotar da terra na qual estávamos deitadas, que não sabia por que a salsinha tinha falhado, nunca em toda sua vida aquela erva lhe deixara na mão. Mas, se isso tinha acontecido, era porque de alguma forma, por mais que nós duas estivéssemos esgotadas, a vida não tinha se cansado de nós. Pelo contrário, ela, atrevida e caprichosa como sempre, tinha decidido continuar, e, se essa era sua escolha, a de seguir em frente apesar de todos nossos esforços, só nos restava aceitar aquela coisa tão simples e ao mesmo tempo tão misteriosa que é o desejo de viver e continuar a viver. Com olhos transbordando, eu lhe disse que aquilo só podia ser piada sem graça, não conselho, letras e palavras nunca poderiam encaixar tanto com o que queria cantar minha alma como fizeram naquele momento, e nós duas rimos, gargalhadas misturadas ao canto de Mãinha, que ninguém poderia ouvir embaixo do uivo do vento àquela noite, mas que mesmo assim existiu naquela terra seca, naquela casa esquecida pelo mundo.

Aquele foi o último dia que Mãinha passou inteiro na cama antes de se levantar e voltar a cuidar da terra. E, por mais que ela ainda fosse ter dúvidas das palavras que dissera com tanta certeza naquela noite, chegando em certo momento a fazer cálculos para pagar um doutor que arrancasse a criança da minha barriga tamanho-de-melancia, foi aquele acidente que a tirou da rede feita de dor criada pelos gritos de Clarinha, o neto que venceu o chá de salsinha, o único homem em uma casa de mulheres que nunca precisaram e nunca iriam precisar de homem, o branquelo que dela não carregava nenhuma semelhança, o menino acidente e sem significado, que nunca teve pai e teve que viver mais de década sem mãe. A vida havia pregado uma peça em Mãinha ao fazer daquela pessoa seu neto, mas, como alguém que não consegue deixar de admirar a criatividade de uma malcriação bem feita, ela sempre acabava sorrindo quando Natã lhe dava dor de cabeça. Fosse porque tinha diarreia quando bebê, porque um cavalo quase arrancou sua cabeça a coice quando era criança atrevida ou porque um vizinho o acusou de roubar galinhas do quintal quando já era moço, sempre sempre sempre um certo prazer arredio, misterioso e indomável acabava tomando conta de sua boca, bochechas e olhos. Se eu tivesse perguntado para Mãinha por que ela sorria tanto, capaz que ela respondesse que Natã podia não saber, até mesmo lutar contra isso, mas a verdade é que aquele menino incontrolável, com o qual eu iria passar os próximos anos num mudo pé-de-guerra, não era só ele mesmo. Ele era a prova de que a vida ainda tinha pulsado dentro de mim, de que muitos anos depois da minha morte, eu, Mãinha e todos os outros que vieram antes de nós duas ainda continuariam a existir no mundo, mesmo que de forma torta, mesmo que essa existência tivesse que conviver com a raiva de Natã. Ele era a prova de que a vida quis seguir em frente.

O lápis quebrou. Foi a ponta de grafite ou eu querendo parar de escrever, precisando de uma pausa para apontar esse cotoco e me perguntar se acredito mesmo no que acabo de entregar ao papel? Colocar qualquer fé ou significado no bebê que eu não quis ter, no menino que me desrespeitava, no homem que me ignora?, parte de mim quer me puxar pelos cotovelos e me dar uns tabefes na cara por pensar nisso, quando eu já deveria era ter pegado a navalha e acabado logo com tudo. Mas, ao mesmo tempo, essa parte minha que é melosa e apaixonada por respostas fáceis quer só dar um beijo quente e carinhoso naquela que me estapeia, olhar nos meus próprios olhos e dizer que foi depois de Natã que eu vim para essa cidade e construí todo meu destino, mas que eu também fiz tudo isso tanto para ele quanto para mim mesma. Eu quis essa vida, mesmo que o mundo não quisesse que eu a tivesse, eu quis essa casa, mesmo indo contra a não-dita-e-mentirosa-verdade de que uma pretinha fedendo a cebola não devia ser dona de nada, nem de si mesma, eu quis dar morada para as mulheres que trabalhavam para mim e seus filhos, mesmo que todos me falassem que ia dar prejuízo. Eu existo. Eu existi. E de uma forma ou de outra, continuarei existindo depois que me for. Talvez seja uma resposta simples demais. Mas, ao mesmo tempo, talvez não seja.

O rangido da porta me tira do caderno. Hercília sai do corredor escuro e entra no quarto tateando o chão com os passos. Demora a chegar ao pé da cama, onde a fraca lamparina de cabeceira é a única luz da caverna que eu criei fechando as cortinas. A máquina fotográfica ainda está no seu pescoço, e ela diz que só pode aceitar aquele presente se eu bater sua foto. Antes que eu possa responder, ela me estica a máquina, desfaz o nó do vestido atrás da nuca e faz o tecido azul-turquesa desabar no chão. Deita-se nua na cama, ao meu lado, e pergunta se aquela pose está boa.

Largo o lápis.

Desenho o contorno do seu quadril com meus dedos.

Sinto seus pelos se arrepiarem embaixo das minhas mãos.

Do mesmo jeito que os meus quando ela põe seu pé no meu embaixo da água.

Quero ver Hercília melhor antes de bater sua foto.

Aumento a força da lamparina.

O quarto pega fogo.

Hercília não contava tudo sobre Divina. Momentos antes de ir embora, admiti que não sabia se ela fazia isso de propósito, como uma jogadora de pôquer que revela apenas o necessário, ou por concisão, como se eu já soubesse tudo o que me cabia saber. Na porta da casa, ela se afastou do meu abraço e perguntou o que me fazia pensar nisso.

Era culpa do canto de sua boca. Quando contava histórias sobre Divina, os olhos de Hercília eram fisgados por um olhar perdido no ondular das rosas de tricô na cortina, e um sorriso tão discreto quanto seguro se desenhava no seu rosto, quase como se pudesse vê-la ali, logo à frente. Era grande o carinho que ela tinha por minha bisa, eu falei já com um pé para fora da casa. Ela riu. Sentou no braço do sofá antes de declarar que sim. Não falara sobre isso nas últimas décadas, pois não havia razão para tal, mas amou Divina. Talvez mais do que qualquer outra pessoa.

Um suspiro de Hercília se perdeu no ar parado da casa. Perguntei o que foi. Ela admitiu me escutar inquieta, dando voltas ao redor do quarto durante a noite inteira. O que me incomodava? O que me tirava o sono?

Pela primeira vez, percebi que a luz do sol de fim da tarde beijava as rosas na cortina, que, mesmo desbotadas, ainda carregavam o tom vermelho vivo com a qual haviam sido pintadas. Pensei em pétalas caindo das copas das árvores no outono, antes de falar: se Divina queria viver, como Hercília afirmava, isso logo me fazia pensar no meu avô. Por que de repente convidou-a para conhecer sua fazenda após passar um longo tempo distante da mãe? O que havia mudado em sua cabeça? Por que o homem que sempre ignorou e evitou a mãe subitamente se dispusera a ficar dias e dias sozinho com ela em um fim de mundo?

Hercília deixou minhas palavras se perderem no vento. Pediu desculpas. Sinceramente, não sabia a resposta. Nunca soube. E, por mais que aquilo não fosse o que eu queria ouvir, sentia que nunca ia saber.

* * *

Voltei para Goiânia aquela noite e me tranquei no apartamento, em meio aos barrancos, vales e florestas de caixas e mais caixas de documentos do meu avô. Passei os dias seguintes presa nas memórias de Natã, incapaz de sair de casa, incapaz de aceitar a falta de respostas que Hercília já assumira como parte da vida. Era como se eu ainda fosse aquela garota assustada, evitando passar na frente de cemitérios, com a diferença que agora eu não temia mais os mortos. Eu desejava encontrá-los e, por intermédio deles, alguma certeza.

O resultado da empreitada foi uma dor parecida com um choque elétrico, que começava na lombar e se irradiava até o pescoço; uma gaveta cheia apenas até a metade de papéis que valiam a pena manter; e sacos e mais sacos de lixo guardando documentos inúteis. Meu avô, sempre tão preocupado em guardar todo e qualquer escrito ao longo da vida, havia provocado o efeito contrário ao acumular pedidos de metro de tecido, lições de casa antigas e blocos de anotações. Tudo aquilo não passava de uma névoa de letras sem sentido, levando a lugar algum.

* * *

Minha casa finalmente livre das lembranças do meu avô. No começo, imaginei que esse seria o ponto de chegada na minha investigação sobre Divina, mas o que eu tinha agora não era um espaço livre com vista para um horizonte infinito, e sim um vazio asséptico, feito de paredes brancas e cerâmica cor de avelã. A história de Divina não podia acabar assim, não quando eu ainda tinha tantas dúvidas. Os outros contatos de Cebola, Margarida e Hercília, conhecidos dos tempos da Casa de Didi, já estavam todos mortos, então só me restava ir atrás de qualquer migalha que Natã pudesse ter deixado pelo caminho. Comecei a ver primeiro seus antigos amigos e depois fui às casas dos meus tios em busca de qualquer pista, e isso só me fez perder tempo. Quase no fim da linha, cedi e liguei para a minha mãe. Ela ficara com alguns livros do pai, mas eu não falava com Dona Elizabete desde o encontro na frente da igreja. Pior, tinha medo que outra vez ela tentasse me convencer a abrir mão de todo o projeto. Fomos civilizadas. Marcamos de almoçar juntas, ela ia cozinhar para mim.

Decido chegar mais cedo. Como Dona Elizabete sempre se enrola nos detalhes e nunca termina o almoço na hora certa, calculo que vou ter mais ou menos uma hora sozinha em sua biblioteca. Mas, assim que ela me recebe, sinto um aroma de mel se espreguiçando pela casa. Aquele perfume tem origem na cozinha, mais especificamente das panelas ainda quentes sobre o fogão, de onde brota, antes de correr para a mesa, em direção a uma travessa prateada guardando costelinhas glaceadas, as tiras de cebolinhas ainda dançando no vapor. Abro a tampa ao lado, vejo grãos de milho, separadinhos, brilhando ao sol. Não só minha mãe decidiu cozinhá-los na gordura, do jeito que gosto, como ainda terminou o almoço meio-dia em ponto. Ela quer me agradar. A conversa hoje é séria.

Dona Elizabete despeja suco de manga no copo, serve um prato farto e me estica a cumbuca da farofa de alho sequinha, que nós sempre compramos na estrada para Jataí. Aquele era o almoço favorito de Natã, e por extensão também o meu, que adorava ficar na cozinha ajudando meu avô a debulhar o milho.

Minha boca saliva. A carne tenra se desmancha assim que tocada pelo garfo, descortinando uma manchinha assanhada no osso. É um buraco minúsculo, do tamanho de um furo de palito de dente, mas tão escuro que não consigo me concentrar em mais nada. Só quero saber dos restos, que há pouco sustentavam aquele perfume de mel, maçã e canela.

Pego o osso na mão, me esquecendo do resto do prato. Ele ficou tanto tempo na panela que está macio o suficiente para ceder quando o aperto entre os dedos. Um óleo brota de dentro da minúscula cavidade negra, primeiro incolor, depois vermelho tinto, por fim escuro como piche. A baba de tutano encharca minha mão, tão escorregadia que preciso fazer força para agarrar aquele arco e continuar a quebrá-lo no meio. Ele cede com o som de um galho caindo de uma árvore tomada pelo mofo. Estou tão perto da costelinha decepada que vejo seu interior como se através de um microscópio: poroso, oleoso, um vapor de pântano borbulha de suas entranhas. Penso que deve ser o mesmo cheiro que subiu da garganta do porco que Natã matou na casa de Divina, anos atrás.

Afasto o prato. O apetite abandona meu corpo, saindo pela minha boca que se move antes mesmo do cérebro conseguir pensar o que quero dizer. Mãe, eu sei que você está preocupada comigo. Sei que você não queria saber mais sobre Divina, e que você acha que eu deveria deixá-la para trás, na vala do esquecimento. Eu mesma queria poder sair dessa toca de coelho na qual me meti, dar essa história por encerrada. Mas não consigo. Tomo uma pausa. Dona Elizabete fica em silêncio absoluto, olhando mais para o osso destrinchado do que para mim. O ar condicionado resseca a carne na travessa. Minha garganta começa a arranhar. Mãe, continuo, eu sei que não vai ser fácil ouvir isso, mas eu cada vez mais acredito que o meu avô, o seu pai, o filho de Divina, o homem que eu e você amamos matou a minha bisa, a sua avó, a própria mãe dele. Sim, matou, como disse Margarida, e não esqueceu a história dela, como você e eu passamos a vida inteira acreditando. Às vezes eu acho que foi um assassinato simbólico, um homem branco se aproveitando da vontade que uma cidade inteira tinha de esquecer uma mulher negra. Às vezes acho que ele a levou para seu sítio com o crime já traçado na cabeça, quebrou a perna da mãe e a deixou para trás, para que a doença terminasse o serviço e ele herdasse a casa e o dinheiro. E eu queria tanto ter certeza de qualquer uma dessas hipóteses e ser livre para sentir raiva, mas não consigo, o ódio é cortado pela raiz quando surge uma lembrança qualquer, como meu avô se sentando comigo na beira do córrego abaixo da loja de tecidos, nós dois olhando o céu enquanto a água corria pelos nossos pés. Por isso eu preciso saber o que aconteceu naquele sítio, nos últimos dias de Divina, para poder sentir ódio ou amor em paz, sem que os dois sentimentos se misturem num todo indissociável.

Dona Elizabete fica calada e imóvel, esfinge que me devora com o olhar. Levanta da mesa e pega um cigarro. Entre uma tragada e outra, conta que retomou esse hábito, o de fumar, em uma noite de insônia na qual decidiu tirar da estante uma coletânea de Paulo Leminski que havia roubado da biblioteca do meu avô. Ela pesca esse volume da bolsa, um amontoado de páginas amareladas, parte da coleção de poesia que Natã recebeu pelo correio no início dos anos 1990, sendo que ele acabaria perdendo o Bilac e o Drummond, ao passo que guardou aquele caderno de capa vermelha dura com todo o carinho do mundo. Estica-me o livro por cima da mesa e deixa-o no meio do caminho entre nós duas. Queria ter me mostrado aquilo antes, mas algo dentro de si achou melhor simplesmente esquecer o que havia lido. Mas, agora, depois das noites de insônia, depois de começar a ir à igreja que já tinha sido um terreno tão importante para a nossa família, depois de me ouvir, ela achava inútil ignorar o que era óbvio.

Puxo o livro. A ponta de um papel pautado e perfeitamente dobrado se oferece entre as folhas. Abro na página onde aquele antigo bilhete ficou guardado por anos e anos, logo ao lado do poema Olinda Wischral:

Querido Natã,

Não encontrei a moça. Tive que voltar por ora, mas, na próxima vez que estiver no Pará, vou procurar Jamila outra vez. Até lá, guardo com meu coração a sua carta.

Sempre seu escudeiro,
Plínio.

DIAMANTE

Que máquina de sentir dor fajuta você é. Ela até tira o olho do buraquinho para dizer isso. Ao invés de bater logo a foto, decide lerdar com o rosto, deita-o tão perto do meu que sinto sua respiração quente engatinhar pela minha bochecha. Um cafuné começa no meu cabelo, mais parecido com um furacão, ela nunca foi de afago suave, prefere arrancar naco de pele. Não disse que meus cachos iam ficar mais gostosos com a mistura de mel e leite de coco? Ainda acho que um dia vou acordar cheia de formiga na cabeça, elas vão subir à noite, achando que tenho doce escondido no cocuruto, vão me comer viva. Hercília sorri, besta como sempre, se bem que a boba agora sou eu por insistir numa piada tão ruim, conto-a desde que ela começou a cuidar do meu cabelo e sou arredia demais para admitir, mas ele nunca foi tão bonito. Os dedos dela caminham para fora das minhas madeixas, fazem redemoinho na orelha e, suave feito beija-flor, planam até meus olhos, onde seu dedão grosso feito lixa afaga minhas olheiras. Eu dormi bem hoje?

Não respondo, só abro meu melhor sorriso-riso e mando ela tirar a foto ou a gente vai atrasar.

A essa altura, dormir bem é miragem. Na última consulta, o cor-de-leite-azedo tinha avisado que a coceira nunca iria parar, e todas as outras previsões do maldito continuavam certeiras feito relógio batendo meio-dia, às vezes surgia um inchaço dolorido na barriga, do nada a pele começava a pelar feito tampa de chaleira, vez ou outra um enjoo espremia meu estômago como se tivesse caído pedra em cima, e se o leite-azedo estava certo, aquele era só o começo da ladeira que eu já tinha começado a descer. Mas agora eu não passava mais a noite em claro arranhando as costas ou me agoniando com o fim, eu tinha a visão de Hercília ao meu lado na cama, ela chegava tarde da noite, depois-do-trabalho-mais-ou-menos quando minhas dores estavam pra começar, capotava feito tijolo despencando do terceiro andar e se desmontava todinha no meu braço, a folgada desde pequena sempre gostou de dormir juntinha, aninhada feito filhote de cachorro, e tudo isso me fazia esquecer das minhas moléstias e pegar no sono, nem que fosse um pouco, alguns minutos que já valeriam o mesmo que dias e dias e dias, e como é que eu poderia dizer para ela que dormi mal, mas melhor do que nos últimos anos todos?

Subimos juntas para o salão vazio e um diamante do tamanho de uma cabeça me espera no topo da escada. É feito de machê, quando perceberam que ia ser impossível comprar um de verdade, decidiram exagerar e criar do papel a maior pedra que pudessem. É torto, meio descascado no topo, a base se lambuza de calda de açúcar ao descolar-encostar no bolo de laranja. É imperfeito como eu, como essa casa que de comum acordo hoje não será dos clientes, mas só nossa, das moças que concordaram em passar um dia e uma noite sem trabalhar para me fazer esse agrado, de seus filhos sem pai que passam dias brincando no quintal e me chamando de vó. Aquele é o melhor presente que eu podia ter recebido.

Hercília corta o bolo e já se dá a primeiro pedaço, a desaforada sabia que ia ser seu mesmo. Briga com os pequenos pelo maior figo da compota, João decidiu caprichar e fez a calda com frutos do tamanho de um punho, tão tenros que derretem ao encostar no dente. Serve café com leite e broa, fez questão de aprender a receita do jeitinho que eu fazia para os pequenos, esses sem-vergonha que juram me enganar, acham que eu não percebo que é o estômago e não o coração deles que gosta de mim? Leva as crianças para chutar bola no quintal, e dou o braço a torcer. Ela só anunciou a hora em que íamos comemorar minhas bodas de sessenta anos com a vida, sem perguntar se eu queria ou não a festa, sabendo que eu preferiria ver a data passar em branco de novo. Engraçado que Hercília nunca quis saber como ou onde consegui minhas manias-costumes-cicatrizes-medos. Para ela o passado não precisa viver para sempre, e quando me diz isso não é como se ela não desse importância para o que já vivi. Uma vez, quando chegaram nossas fotos pelo correio, aquelas que batemos no dia que o quarto pegou fogo, ela só largou o envelope no canto sem nem abrir. Eu me indignei, e ela respondeu que o que lhe interessava era o ato de bater a foto. Gostava de saber que elas estavam ali, escondidas e seguras em um canto no qual poderia vê-las se um dia quisesse. Mas não tinha desejo algum de parar em frente a elas e se perder em um tempo que já foi, ou pior, correr o risco de reclamar da luz escura demais, da falta de foco ou de um dedão no canto da foto, e aí sim não se perder no tempo que já foi. Para Hercília, o que importava era o que é, não o que já tinha sido ou poderia ser. Me chamar para jogar futebol no quintal com os pequenos e emporcalhar o vestido de lama, isso sim era mais valioso que diamante, aquele fim de tarde embaixo de um céu laranja e azul no qual as mulheres disputavam bola com os filhos, João sujava sua melhor camisa agarrando em um gol improvisado com galhos, e eu deixava tudo passar no outro, uma hora isso ia acabar, mas o que importa é que tinha acontecido, e o mundo poderia até se esquecer daquele momento como o pó é varrido do chão, mas nunca apagá-lo, não de verdade.

A campainha toca lá em cima. Digo para Margarida ficar no gol e subo o barranco em direção ao portão. No meio do caminho, Hercília me chama. Não diz nada, só queria mesmo me dar um beijo. Não selinho tímido de canto do rosto, encontro de lábios e língua, molhado-intenso-gostoso-assanhado. Pergunto por que ela fez aquilo, por que agora? Ela pergunta por que não, e ela tem razão. Eu lhe devolvo o mesmo beijo, quase arranco sua língua, como se aquela fosse a primeira ou a última vez em que vamos estar juntas. Obrigada, Hercília. Por tudo. Obrigada você, ela responde antes de mandar eu me apressar.

Abro o portão e o carteiro já vai embora, não quis correr o risco de ser visto com a preta-cafetina-sapatona-exploradora-de-crianças, já nem presto mais atenção no que dizem sobre mim. Antes de ir, deixou um envelope azul-claro no chão logo em frente ao portão. Dentro dele, um bilhete de Natã. Ele me pede desculpas por ficar longe tanto tempo, quer enterrar as diferenças no passado. Pede também ajuda, está comprando um sítio perto de Goiânia e gostaria de saber se posso dar-lhe parte do dinheiro.

Quero amassar a carta, queimá-la e jogar as cinzas no rio, porque minha vontade é morrer em paz, sem nunca mais ver meu filho ou ser praguejada pela sua angústia, mas esse é desejo impossível, libélula que morre um segundo depois de nascer. Natã, o menino que mamou no meu peito, que ensinei a ler, que pode até querer esconder mas é tão parte de mim quanto eu sou parte dele, quer minha ajuda. E eu nunca desejei tanto saber disso.

A TERRA FALA

Um cadáver está esquecido aqui dentro. Foi a primeira coisa que pensei. Também me passou pela cabeça que aquele odor não fazia sentido, a geladeira não devia ter nem um ano de vida. O inox brilhava, as formas de gelo não haviam congelado, as prateleiras ainda secas guardavam potinhos cuidadosamente catalogados com etiquetas multicoloridas, indicando não só se continham café da manhã, almoço ou jantar, mas também quando e como a refeição devia ser consumida. Sopa de mandioquinha e carne moída, jantar de terça, aquecer três minutos no micro-ondas; peixe com batatas, almoço de quinta, dourar na panela com um fio de azeite; mamão com granola, café da manhã de quarta, comer ao natural. Mesmo com toda a organização, um perfume podre se anunciava, vencendo o sistema de refrigeração orgulhosamente exibido na porta do aparelho, ao lado de um calendário oferecendo um Salmo por dia. Duas fungadas descompromissadas e se rastreava aquele cheiro do subsolo do eletrodoméstico, mais especificamente a gaveta de frutas, onde uma solitária bola de mofo verde, que muito tempo atrás fora chamada de laranja, se desmanchou assim que a peguei. Jogo-a fora e, decidida a não tocar em mais nada que venha daquele lugar, grito que não encontrei a manteiga, podemos comer o pão que eu trouxe puro mesmo?

Da sala, Plínio responde que sim. À primeira vista, sua casa é elegante: cento e vinte metros quadrados em um prédio recém-erguido no bairro mais caro da cidade; adega climatizada; móveis de madeira nobre; televisão com sabe-se lá quantas polegadas. Mas, como a geladeira, um olhar mais atento, ou talvez só menos distraído e deslumbrado, revela não só uma fina e insistente camada de pó sobre cada cômodo, mas também a película de plástico de fábrica ainda recobrindo boa parte dos eletrônicos, que saíram da loja para nunca serem usados. Um palácio vazio, no qual mora um sultão solitário, tão desinteressado pelo próprio mausoléu que era incapaz de perceber uma fruta podre impregnando o ar da casa. Fico em dúvida se minha vontade é sair correndo daqui ou me oferecer para cuidar de Plínio, como fiz com meu avô no fim de sua vida.

Ele declara que se vira bem sozinho quando pergunto se não seria melhor ter companhia, dinheiro não lhe falta. Estufando o peito como orgulhoso galo de briga, insiste que sempre gostou de estar só, às vezes se pergunta se não deveria era se mudar para o mato e viver de caça, como já fez tantas vezes na vida. Tenta me convencer de seu status de macho alfa independente, mas as mãos tremem incontrolavelmente quando quebra o pão, deixando um rastro de migalhas na mesa e no colarinho da camisa bege com gravata bolo tie que ele veste. Suspeito ser a mesma que ele usou quando almoçamos juntos, meses atrás.

Distraio-me com um pedacinho de pão equilibrando-se entre o pescoço dele e o colarinho, rocha que fica anos apoiada no topo de uma montanha desafiando a gravidade, quando Plínio pergunta se quero matá-lo de ansiedade. A migalha perde a disputa com o chão e despenca para dentro da camisa, com certeza ficará dias esquecida ali, entre tecido e pele flácida. Subo minha cabeça e encontro olhos esbranquiçados, duas azeitonas perdidas numa tigela com leite. Ele reforça que sou cruel, onde já se viu criar aquele suspense todo desde que liguei implorando para vê-lo o mais rápido possível? Pede, ou para ser mais precisa, exige que eu diga logo o que quero com ele.

Pego da bolsa o livro do Leminski e mostro o bilhete, escrito anos atrás por suas próprias mãos hoje envelhecidas, o qual meu avô decidiu guardar por décadas junto a um de seus poemas favoritos. O que aquilo tudo significa?

O recado repousa na mão de Plínio. O sol do começo da manhã se espreguiça sobre ele, deixando ainda mais amarelo o papelzinho, há muito tempo retirado de um bloco de notas. O ponteiro do relógio de parede vence o silêncio da casa, alto como sino de igreja. Olho para cima, mas, antes que possa ver que horas são, ouço o crepitar da folha, gerada não por uma chama, mas pelos dedos cheios de nódoas do homem de quase cem anos, que esmagam o recado antes de jogá-lo numa xícara cheia de café solúvel, e as palavras que ele escreveu boiam no líquido ocre, todos os Ds, Ts e Gs gordinhos se afogando e se desmanchando. Esfrega as mãos uma contra a outra, como se tirando sujeira grudenta, e diz, um indisfarçável incômodo borbulhando do fundo da glote, que contará a história daquele recado só por cortesia à memória de Natã, mas irá fazer aquilo apenas uma vez, por isso pede minha absoluta atenção.

Foi na manhã após encontrar meu avô de cócoras, em frente ao tecido branco com flores de lavanda que lembravam o vestido nunca usado por Divina. Diante da bebedeira deplorável de Natã, Plínio achou melhor dormir com ele na loja de tecidos ao invés de levá-lo para casa. Quando acordou, seu velho amigo já o esperava com um envelope na mão, um pequeno pacote da grossura de dois dedos, dentro do qual havia uma carta dobrada com pelo menos dez páginas. Plínio não tinha falado isso antes, mas na época estava indo e vindo de Belém a trabalho, fazendo sabe-se lá o quê. O importante é que, depois de descobrir que o melhor amigo viajava regularmente para o Norte, Natã retomara o contato com conhecidos da Casa de Didi e, após muita insistência e caminhos em falso, encontrara uma pista de Jamila. Não era muito, só o nome da rua onde ela morou quando nova, antes de se mudar para Goiânia, muito provavelmente o mesmo que um fio solto de novelo, que não desenrola o todo ao ser puxado, mas desprende solitário sem levar a lugar algum. Mesmo assim, aquela informação tirara meu avô do prumo, espinho dentro do peito que fazia questão de crescer mesmo que ele insistisse em podá-lo. Por isso escrevera a carta numa noite de bebedeira; para retomar o contato com a paraense que amara tantos anos atrás. Deixou-se despejar naquelas linhas, contando tudo o que aconteceu em sua vida depois que a viu pela última vez:

medos, sonhos, a família e a loja que construíra e, principalmente, os dias finais de Divina, a quem Jamila via como mãe. Confiou o envelope-calhamaço ao amigo como se lhe entregasse o próprio coração, e Plínio, ele também fora de prumo, sem saber o que fazer com as confidências de Natã, já que não era costume dos dois falar sobre paixões, passado e outras coisas sem utilidade na vida de um homem, perguntou o que aconteceria caso encontrasse Jamila. Não soube dizer por que aquela foi a primeira dúvida que lhe veio à mente, mas talvez foi porque, lá no fundo, em uma caverna dentro da mente de Plínio, que escondia a sua parte mais íntima e bem guardada, um local que otimistas poderiam até mesmo chamar de alma, ele tanto já previa quanto tinha medo da resposta.

Natã respirou fundo. Levantou-se do velho sofá forrado por uma manta turquesa, que escondia o estofado há décadas rasgado, o mesmo que ficava ao lado do gramofone comprado por minha bisa, àquela altura já misto de enfeite esquecido e peso de papel. Olhou pela janela que dava para o córrego no fundo do terreno, límpido e cristalino após dias de chuva. Acendeu um cigarro e admitiu, como se cansado de ocultar um crime, que, caso Jamila aceitasse suas desculpas, abandonaria a vida que criara para si e ficaria a seu lado, pois, naquele exato momento, tinha certeza que era isso que devia ter feito anos atrás: ir atrás daquilo que o fazia feliz, ao invés de insistir em ser um estranho que nunca fora de verdade.

Plínio nunca sentiu tanto ódio na vida. A vontade que tinha era dar-lhe juízo e um murro na cara, pois era como se com aquelas palavras seu velho amigo dissesse que tudo na vida dos dois era uma ilusão, desde a família de Natã, que estava prestes a ganhar a primeira neta, no caso eu, até aquela loja. E como algo que pode ser pego nas próprias mãos, como um rolo de tecido ou um bebê, poderia ser mentira? Se nada daquilo fosse real, por consequência o próprio Plínio seria uma farsa, noção incompreensível para um homem que passava cada segundo da existência cultivando um chapéu branco, para assim esconder o que havia ou não havia atrás daquela fachada. Mas, ao invés de partir para a violência, fez o que sempre fazia quando meu avô punha uma ideia na cabeça: fingiu que concordava. Prometeu que iria encontrar Jamila, entrou no carro e, na primeira parada a caminho do Pará, queimou a carta. Nunca procurou a mulher que Natã amara e, pelo que sabia, meu avô morrera achando que ele ainda tinha o envelope, o mesmo que há muito tempo virara cinzas num acostamento qualquer.

O miolo do meu pão, que comecei a esmagar quando Plínio pediu minha atenção, já está do tamanho de uma bola de gude. Solto a pequena esfera na mesa. Minha vontade é chorar ali mesmo, mas não quero lhe dar essa satisfação, porque esse homem, que vai esquentar bacalhau salgado com grão-de-bico azedo para a janta, com certeza se orgulha de apagar um passado que não era seu para ser esquecido, uma história que pertencia a Divina, Natã, Jamila, a mim.

Apenas por desencargo, pergunto se ele leu a carta antes de se livrar dela.

O rosto dele vira pedra. Finge que não me ouviu, mas eu gostaria de imaginar não só que ele muitos anos atrás leu o que Natã escreveu, como se lembra de cada palavra. E, se Plínio se recusa a me contar isso, é somente para preservar seja lá qual ilusão ele acha importante manter sobre si mesmo.

Ouvimos uma gota d'água caindo na pia da cozinha, e ele me diz que está na hora de eu ir embora. Tenta se levantar, mas os joelhos e o quadril o traem, e ele esconde um gemido de dor atrás dos lábios finos e esmaecidos. Senta-se de novo, disfarça mal sua tentativa de se levantar e declara, com uma falsa indiferença, que não vai me acompanhar até a porta. Respondo que não precisa mesmo.

* * *

Essa vai ser uma história sem fim, concluo após uma noite inteira olhando a página em branco abaixo da descrição do encontro com Plínio.

A vontade era fazer como o velho amigo de meu avô. Destruir essas letras. Queimar esse papel. Esquecer essa história de uma vez. Talvez seja isso que ela sempre quis, e eu, na minha prepotência, achei que podia desenterrá-la. Mesmo assim, mesmo separada dela por mais de meio século, não consigo parar de pensar em Divina. Talvez o único caminho seria inventar um fim para minha investigação. Mas não posso fazer isso. Não tenho o direito de contaminar a vida da bisa com minha imaginação.

O telefone toca. São duas da manhã. Atendo sem olhar a tela do celular, perguntando sem rodeios o que ela quer a essa hora. Dona Elizabete estava ansiosa para saber como foi o encontro com Plínio e suspeitou, ou melhor, teve certeza que eu ainda estaria acordada. Minha mãe pode até não me entender, mas me conhece. Já tentei lutar muito contra essa verdade, mas agora estou tão cansada que só suspiro e conto tudo que descobri, ou melhor, não descobri, com Plínio.

Dona Elizabete fica o tempo todo em silêncio. Não emite nenhum som de dúvida, desaprovação ou confirmação. Só me escuta, porque há momentos em que o melhor que se faz é virar ouvido, era o que ela sempre dizia. Mas agora eu precisava tanto escutar ao invés de ser escutada, que ela fosse menos ouvido, mais boca. Mãe, por favor, fala alguma coisa. Qualquer coisa.

O ar é aspirado do outro lado da linha. Ela segura o fôlego, mergulhadora prestes a pular de cabeça no oceano. Uma vez submersa, Dona Elizabete volta a respirar devagar, uma brisa suave se expandindo no meu ouvido quando ela começa. Outro dia, lembrou-se de uma história à qual nunca tinha dado muita atenção antes. Devia ter cinco ou seis anos, se muito, e dormia embalada por sua colcha com babados de morango, quando foi acordada pelo meu avô. Ainda estava escuro lá fora, e Natã não tinha acendido a luz para não despertar meus tios, que dividiam o quarto com ela. Demorou para entender que aquele rosto na borda da cama, escondido na penumbra, não era um ladrão, mas o pai.

O sono era tanto que meu avô teve que repetir três vezes, sempre num sussurro baixinho de bebê pássaro, para ela se vestir logo. Ainda esfregando os olhos, minha mãe perguntou se já era hora da escola. Falou isso um pouquinho mais alto, e Natã colocou o dedo sobre os lábios dela ao ver tio Bento se revirar na cama. Foi só quando teve certeza que seu primogênito ainda dormia profundo, embalado por sonhos tranquilos, que meu avô respondeu que ela não iria para a escola aquele dia.

A luz começava a se esparramar pelo céu, mas o nariz de minha mãe, grudado no vidro, embaçava a visão. Do lado de fora, o asfalto aos poucos acabava, dando lugar à estrada de terra, que levantava uma nuvem de poeira à medida que o velho fusca vencia buracos e lombadas. Dona Elizabete logo se entediou e o estômago roncou. Perguntou ao meu avô se podia comer a broa dele. Ele assentiu com um muxoxo seco. Quando ela se virou para o saco de papel, como sempre estrategicamente posicionado ao lado da embreagem, reparou o olhar de Natã distante, preocupado. Minha mãe quis perguntar o que o atormentava, mas teve medo. Só engoliu a broa, para ficar em silêncio.

Chegaram ao velho sítio, então ainda novo. Estacionaram a uns trinta passos da varanda de ardósia. Natã desceu do carro sem emitir um som sequer. Só começou a dar largas passadas pela lateral do Fusca, como se naquele caminhar espaçado e silencioso houvesse a certeza que minha mãe iria segui-lo, o que ela de fato fez por medo do que poderia acontecer se não o obedecesse. Natã abriu o porta-malas, tirou uma pá e continuou marchando para longe do carro, em paralelo à casa, lentamente, como se contando os passos. Um, dois, Dona Elizabete começou a trotar mais rápido para alcançá-lo; sete, oito, ela diminuiu o ritmo quando se deu conta que ainda não sabia o que faziam ali num dia de semana; vinte e nove, trinta, sentia sede e pediu para ele parar; quarenta e oito, quarenta e nove, cinquenta, não pôde continuar, sentou no chão, cruzou os braços e chorou, queria voltar para casa. Cinquenta e um, cinquenta e dois, cinquenta e três, cinquenta e quatro. Foi só aí que meu avô parou de andar e, num gesto decidido, cravou a pá na terra.

Dona Elizabete tombou de bunda e começou a se arrastar de ré. Naquele momento, temeu o pai como se ele fosse um estranho, um monstro que a levara até ali para enterrá-la viva, pensamento que hoje ela sabe não fazer sentido, mas nem por isso não existiu. Quando terminou de cavar, Natã olhou na direção da filha.

Vem, quero te mostrar uma coisa, a voz caiu sobre ela como veludo confortável.

Minha mãe ficou de pé e foi até o pai batendo as mãos no vestido, não queria que ele a visse suja. Parou a seu lado e viu um buraco de dois palmos de largura, quem sabe um palmo e três dedos de profundidade. Natã pegou do bolso um caroço de manga, retirado da árvore que ficava no fundo do quintal da sua loja, à beira do córrego; já seco, pois fora deixado mais ou menos uma semana ao sol. Sacando o canivete que carregava no chaveiro, partiu-o em dois. Pediu que a filha esticasse sua mãozinha. Ao separar as duas metades, deixou cair de dentro do bago um corpo meio cinza, preto em algumas partes, branco em outras; um feto abraçando os pezinhos, molhado e escorregadio. Frágil.

Entregue a semente à terra, como se isso fosse a coisa mais importante que já fez na vida, pediu Natã.

Dona Elizabete obedeceu. Deitou o corpinho no fundo do buraco como uma das bonecas que ninava. Cobriu-o com uma mantinha de terra, massageou gentilmente. Meu avô se agachou ao lado dela e, juntos, punhado por punhado, começaram a cobrir o leito onde a árvore descansaria, até estar pronta para vir à superfície.

Naquele momento isso não lhe passou pela cabeça, mas anos depois, pelo menos uma década removida do evento, minha mãe perguntou a meu avô por que ele a tirara da cama de madrugada para plantar a mangueira na entrada do sítio. Fez essa pergunta em um fim de tarde qualquer, após um farto almoço de domingo, enquanto observava a árvore em questão no parapeito da varanda.

Deitado na rede, usando a perna para empurrar a parede enquanto se embalava indo e vindo no ar, meu avô respondeu que foi porque a mãe dele mandara.

Recebeu a ordem pouco depois de comprar o sítio e, agora que Dona Elizabete era crescida e já sabia um pouco mais sobre o mundo, ele disse com os olhos cada vez mais pesados de sono enquanto balançava na rede, Natã não tinha problemas em contar que, não fosse Divina, jamais conseguiria pagar por aquele pedaço de terra. Por essa razão, queria impressionar a mãe, no caso minha bisavó, provar que era digno do dinheiro dela. O problema é que, àquela altura, o sítio nada tinha para ajudar nesse projeto; era apenas um amontoado de ervas daninhas, com uma casa mal construída, tudo que eventualmente sobreviveria da antiga estrutura seria o piso de ardósia da varanda, inexplicavelmente aquele lugar tão mal cuidado tinha um terraço perfeito. Mas, naquele momento, tudo que Natã tinha para oferecer daquele lugar era o futuro, ou melhor, uma ideia de futuro povoada por piscinas, garagens, campos de futebol. Ainda descrevia a caldeira que ficaria nos fundos, para esquentar até mesmo a água da privada, quando a porta da casa travou. Puxou, mas não conseguiu abrir. Puxou, puxou, estava colada ao chão, burro empacado impedindo que ele seguisse em frente. Puxou, puxou, puxou, bravo com aquele pedaço inútil de madeira, bravo que lá dentro só havia uma casa velha, escura e mofada, bravo que aquilo fosse tudo que havia conquistado na vida até então, bravo com a ideia de que a mãe, diante do ridículo que era ele perdendo a batalha contra uma porta, ia perceber que não valia a pena ter apostado nele, bravo que fosse um homem tão patético, tão desconjuntado, tão estranho em seu próprio corpo. Puxou, puxou, puxou, puxou. Caiu de bunda no chão.

Ainda tentava encontrar o que restava de seu orgulho quando Divina caminhou até a porta e, com um movimento delicado, levantou-a um pouquinho, fazendo-a vencer o bloqueio de uma ardósia assanhada que se arrebitava do chão. Usou um naco de madeira que encontrou ali como calço, sentou ao lado do filho.

Arredio, Natã se arrastou um tanto para longe da mãe. Mas Divina se inclinou na direção do filho, um discreto movimento de coxas e vestido raspando o chão e que carregava dentro de si uma promessa, que se cumpriu quando ela deitou a cabeça de Natã no ombro. Girou os dedos no sentido dos redemoinhos nos cabelos do meu avô, sempre cortados tão rentes, mas naquele momento um pouco mais altos que o costume, providencial era que o rapaz não tivesse ido ao barbeiro recentemente, a mão da mãe podia se esconder nos seus cachos, fazendo um cafuné que ele julgava nunca ter recebido antes. Ficaram assim pelo que pareceu uma vida inteira, uma vida na qual os dois não tinham precisado se separar quando ele era pequeno e ainda viviam no pedaço de terra onde nasceram, naquele canto que, mesmo distante, ainda fazia parte do que os dois eram e sempre seriam.

Meu avô parou de balançar e sentou-se na rede, mais acordado do que quando começou a contar a história. Olhou primeiro para o batente da porta, onde ele e a mãe haviam se sentado juntos tantos anos antes, e depois para uma já crescida Dona Elizabete, que lhe perguntou ansiosa o que aconteceu depois.

Ao parar o carinho nos cachos do meu avô, Divina declarou: a terra fala. Não queria promessas sobre um futuro com água quente nos vasos. Queria apenas que o filho ficasse atento. Porque um dia o solo iria pedir que ele plantasse uma mangueira no sítio, como já havia pedido quando Divina e Natã plantaram a velha árvore na beira do córrego da casa, pouco depois de sua mudança para Goiânia. E quando Natã ouvisse o chamado, deveria realizá-lo ao lado da sua filha mais velha, no caso minha mãe. Era tudo que Divina queria. Que uma mulher da família que seu filho com certeza viria a ter soubesse o mesmo que ela, por mais que fosse sobre algo tão pequeno e insignificante quanto plantar um caroço de manga.

* * *

Já são quase três da manhã quando Dona Elizabete termina a história. Minha primeira reação é duvidar que aquilo fosse real. Afinal, como ela e meu avô poderiam se lembrar de eventos tão minúsculos e distantes no tempo, com tamanha riqueza de detalhes? Minha mãe admite, talvez tenha aumentado ou realçado um ponto aqui ou acolá, mas isso é o que se faz ao narrar. Histórias, ela agora tinha certeza, não eram apenas mentiras bem contadas. São seres vivos, que se transformam, esticam ou contraem dependendo de quem ouve e quem fala, e, de tanto ser vivo, aquele seu relato carregava alguma verdade, uma verdade que eu não conseguia ver ainda.

Seu avô amou sua bisavó.

Ela sabe que isso é a coisa mais batida do mundo, afinal, qual filho não ama a própria mãe? Também sabe que isso de forma alguma anula o ressentimento que Natã sentia, ou o fato de que ele fez Divina cair no esquecimento. Mas, desde que se lembrou dessa história, ela não consegue deixar de pensar nisso. Nesse amor confuso, que existe lado a lado do ódio, mas que nem por isso se apaga. Pelo contrário, é apesar, ou talvez justamente pelo fato de ter que ser ao lado de um não ser, que esse amor sobrevive, vive, continua a existir.

O CORPO EM QUE VIVO

Quatro pernas de cavalo dentro da mala, de madeira, um pouco menores que meu mindinho. Talvez galoparam sozinhas até o armário e se esconderam aqui anos atrás. Ou não, mais provável é que Natã quis me desafiar e eu achei mais fácil esquecer delas que arriscar um entrevero, o menino podia ser mal criado mas também tinha acabado de perder a avó-mãe e era cuidado pela mãe-estranha, deve ter sido mais ou menos na mesma época em que ele se mudou para o quarto no fim do corredor, no qual há pouco tempo Mãinha morrera e no qual tempos depois viraria vizinho de parede de Jamila, um dia pegou suas coisas, trotou uns cinquenta, sessenta passos?, fechou a porta e foi-se embora, mesmo eu achando que ainda era cedo demais ocupar lugar que acabara de receber último suspiro, mesmo querendo que ele continuasse a dormir na minha cama, podia até fingir que o desejo não existia, mas depois de dez anos longe do menino eu tinha vontade de me abraçar no seu cheiro sua pele sua presença, e agora, depois de quase outra década sem vê-lo, meu corpo também quer estar perto de Natã nos últimos momentos, ontem vomitei sangue pela primeira vez e foi como se meu estômago meus ossos minha alma tentassem dizer que estão cansados, e que ver meu filho é a última coisa que preciso fazer nesse mundo.

Deixo as pernas do cavalo descansando onde estão e separo quatro ou três vestidos, três ou duas calcinhas, duas ou uma camisola. É tudo que cabe na mala, meia e sapato vou usar os que carrego no pé. Hercília briga, como espero passar um mês inteiro no sítio do meu filho só com aquilo? Não quero contar que para onde vou não preciso de muito, ela não ia entender que agora, depois de noites e noites dormindo ao seu lado, justo quando minha cabeça desistiu de morrer, é meu corpo que pede descanso, a carne está exausta, o espírito decidiu dar-lhe paz e deixá-la voltar ao pó, mas como não posso explicar para a mulher que amo que vou para não voltar, conto da verdade a metade. Aquela mala, pouco maior que uma bolsa de mão, foi tudo que Mãinha trouxe quando veio morrer ao meu lado, e aqui dentro não só cabia tudo o que ela havia guardado durante sua passagem pelo mundo, como sobrava espaço, e eu preciso desse pedacinho dela ao meu lado.

Hercília até desiste de sair para comprar outra mala. Volta, senta ao meu lado, toca minha mão. Não consegue nem imaginar como deve ter sido ficar ao lado de Mãinha nos últimos dias, presenciar sua decadência, ainda mais quando meu amor e meu ódio por ela eram como barroterraágua, já tinham se misturado e virado só um. Lençóis manchados de mijo e bosta, desgrudar do chão a sopa cuspida mais cedo, a respiração ofegante como se tivesse corrido maratona, Mãinha chorando feito bebê no meio da noite. O ciclo sem fim é do que lembro do fim, borrão desforme nos quais os dias eram todos iguais.

Foi assim o tempo todo, a mulher que amo pergunta.

Acaricio o couro desfiado da mala. Deixo ele pinicar minha mão, quero esse tantinho de desconforto. Uma vez, acho que a última manhã em que ela se sentiu bem, foi diferente. Entrei no quarto com sopa de ervilha e a encontrei sentada na cama, abraçando os joelhos, olhos brincando de perseguir um passarinho vadiando no beiral da janela. Vestia no rosto sorriso serelepe que eu nunca tinha visto igual, e recusou a sopa verde-rala-sem-graça, não queria comida de doente, não naquele dia. Desejava café preto como piche, misturado com leite fervendo de doce e cuscuz encharcado de manteiga. Não comeu nem metade, mas só o perfume da refeição já a deixou feliz. De barriga plena, esparramou o corpo todinho sobre o colchão e olhou para a janela. O passarinho ainda enrolava para sair em direção ao céu abarrotado de nuvens, cobertas emboladas uma sobre a outra. Não dá vontade de ir mesmo. O que ele deve querer é ficar aqui pra sempre, porque apesar das duas gigantes assustadoras no quarto, aqui é quente e confortável, lá é perigoso-gelado-incerto. Mas ele sabe que uma hora precisa ir, nada no mundo é para sempre, Mãinha concluiu quando o passarinho tiritou a cabeça, lançou-nos um último olhar desinteressado e pulou a janela ganhando o mundo. Seus olhos ameaçaram marejar, mas ela os limpou, Mãinha sempre foi turrona, e mesmo perto do fim, quando não precisava mais ser rocha para sobreviver, ela se recusava a chorar por algo tão pequeno quanto um passarinho, ainda mais depois de engolir todas suas lágrimas quando a sua família foi esquartejada. Falou isso no seu mesmo jeito seco de sempre, sem se preocupar em me preparar para o choque de pela primeira vez contar algo sobre os que vieram antes de mim, dizer aquilo de uma vez só, sem pensar direito no como ou o porquê, era o único jeito que ela sabia como.

Quando criança, ela morava a uns quinze minutos do lugar onde nasci, me criei e odiei, mas era como se Mãinha vivesse em outro mundo, porque sua casa ficava a trinta ou trinta e um passos do rio, e eu lembrava que perto da água a terra não era dura e seca, mas fofa, cheiro de verde-marrom-preto, viva. Mãinha ficou até meio vexada de chamar aquilo de paraíso, mas tão perto da morte era a melhor palavra que sua boca podia pensar para dar nome ao solo onde tudo crescia. Abóbora milho chuchu melancia maxixe, há quanto tempo não comia maxixe fresco? A boca de Mãinha salivou, como se fazendo as vezes dos olhos que não se davam ao direito de chorar. Sua meninice era acordar cedo, cuidar da terra o dia todo e ir dormir feliz ao lado dos seus, era assim que a mãe e o pai haviam lhe ensinado, todos que moravam ao redor do rio eram seus tios e tias, avós e avôs, irmãos e irmãs, porque partilhavam com ela algo mais importante que sangue, todos ali tinham a mesma história. Quando Mãinha era bebê, a família ainda era andarilha, vagavam sem rumo expulsos de seus lares e longe de tudo que conheciam, sendo recusados em cada terra para a qual ofereciam trabalho, sem lar sem deus sem letras caminhavam caminhavam caminhavam por um mundo que os via como menos que cachorros, e lhes dizia que eles só eram livres para passar fome e morrer. Durante o trajeto, perderam vários dos seus, por falta de comida, por não conseguirem ver futuro pela frente, ou porque tudo isso os transformava em máquinas de sentir ódio ou máquinas de sentir dor, que sempre sempre sempre paravam de funcionar. Um dia, quando estavam para se entregar de vez ao-cansaço-ao-calor-ao mundo, ouviram um chamado doce, como canto murmurado. Seguiram o som, que foi ficando cada vez mais claro, agora não mais algo que se entoava atrás de lábios cerrados, mas voz forte orgulhosa assanhada. Era o rio que se abria horizonte adentro, oferecendo as terras que o circundavam. Beberam tanta água que a barriga ficou pesada, precisavam matar uma sede que não era só a da garganta seca. Tomaram banho, mergulharam e pegaram peixes, eram tantos que bastava abrir a mão para agarrar um grande o suficiente para a família toda. Descansaram deitados-flutuando sobre as águas, sentindo todo o peso que carregavam ser levado pela correnteza. Ali sim poderiam ser livres para algo mais que passar fome e morrer, e foi quando conseguiram parar de pensar em sobreviver que começaram a pensar em viver. Conseguiram sementes. Sementes que com mistura de tempo e suor viraram comida, tanta comida que puderam vender as sobras, maiores e mais belas que qualquer fruta ou legume que o mundo já vira. A sobra virou dinheiro. O dinheiro primeiro virou casas. E depois galpões grandes, galpões onde a comida durava mais tempo, e agora que conseguiam até aguentar os humores da terra, ninguém nunca mais precisaria passar fome. Espalharam a notícia para outros parentes que vagavam sem rumo, convidando-os a morar com eles. Foi assim que chegou ao paraíso um preto velho, que muitas vidas atrás tinha sido arrancado do lar, lá do outro lado do mundo, um lugar onde havia dominado todas as línguas de todos os povos, e por saber ler e escrever, quando o preto velho chegou já acorrentado às mesmas terras que tratavam Mãinha e os seus como cachorros, foi forçado a ensinar o alfabeto aos filhos dos brancos, crianças que não queriam aprender as letras daqueles que vieram antes delas, desrespeito do tamanho de um oceano, que lhe dava a certeza que ele valia mais que ensinar abecedário a meninos desinteressados mal educados ranhentos, e o mestre sempre tentava escapar e sempre era capturado, e se em qualquer outra situação isso deveria condená-lo à morte, a punição do preto velho era sempre a mesma, dez chibatadas para cada fuga, era valioso demais para deixar de viver, por mais que seu desejo enquanto sofria o castigo fosse justamente esse, vontade que ele implorava gritando, por favor acabem com meu sofrimento, sua voz rouca e cansada se lançava ao mundo, só para se perder no nada. As costas do preto, Mãinha disse olhando a parede do quarto onde convalescia, eram como aquela tinta, sempre descascando, como se sua carne viva quisesse viver para fora dos limites da pele. Foi esse homem, já velho e meio cego, que começou a ensinar as letras para os mais novos, ele e toda a família do rio sabiam que esse era o melhor jeito de navegar o mundo criado pelos brancos. Construíram uma escola, e ninguém nunca soube direito quantos pupilos o preto velho teve, ele estimava por cima duas ou três centenas, entre crianças da família da beira do rio, adultos e até brancos pobres que viviam por perto. Foi nessa escola que Mãinha aprendeu a ler e escrever, com aquele mesmo livro de cavaleiros e princesas no qual eu e Natã um dia viríamos a conhecer nossas letras, eram os volumes que o preto velho havia conseguido comprar, mas fazia questão de deixar claro para os alunos que tudo ali escrito era uma mentira, não só para os brancos pobres, que não tinham nada a ver com os homens daquelas páginas, mas especialmente para os pretos, a quem aquelas letras não pertenciam, a quem aquelas letras não queriam pertencer. Elas poderiam ser domadas, desvendadas, até mesmo veneradas, mas como um cavalo bravo demais, nunca nunca nunca deveria se confiar plenamente naquilo que no fundo não podia cantar a alma da família.

O preto velho foi ficando mais arribado, como se o próprio ato de ensinar lhe desse propósito. Mãinha virou sua aluna favorita, por isso sabia que ele tinha comprado papel e tinta para escrever todas as línguas que conhecia, em especial a de onde tinha vindo, era o sonho dele ensinar as histórias e letras do além-mar, mantê-las vivas entre aqueles e aquelas a quem essas letras sim pertenciam, as letras que poderiam de fato cantar a alma da família. Mas nem Mãinha nem ninguém chegou a ler o livro do preto velho, antes que ele conseguisse terminá-lo, chegaram os brancos ricos. Tinham armas que usavam como documentos e documentos que usavam como armas, onde estava escrito que eles sim eram os donos das terras do rio. Todos sabiam, inclusive os brancos, que a terra era esquecida antes da família, que a terra nunca falara antes da família, que a terra nunca fora próspera antes da família, a única razão pela qual aquela expedição viera de tão longe carregando pistolas cutelos rancor era porque pretos e pretas estavam morando e prosperando, ninguém nunca havia lhes dito que eles eram livres só para morrer e passar fome? O preto velho foi conversar com os brancos, tinha certeza que de um convite para tomar café e usar a cabeça um acordo nasceria, porque essa é a natureza dos acertos, basta tempo diálogo vontade. Mas o preto nunca chegou a usar seu maior dom, a palavra e as letras, porque antes que sua boca se movesse, seu peito explodiu. Um tiro que foi afogado pelos gritos de horror da família e de júbilo da expedição, finalmente iam começar o que passaram semanas e semanas esperando, ninguém tinha vindo àquela terra com a ideia de negociar, esse é o tipo de coisa que se faz com gente, não com animais piores que cachorros, que era tudo que os nossos eram aos olhos dos outros. E assim, por falta de paciência, acabou toda a história e todo o conhecimento de dois povos, o da família do rio e o da nação no além-mar que tinha as letras que poderiam cantar a alma, tudo porque aquela expedição não queria ouvir um sábio de outra cor, o desejo era só acabar logo com aquilo que era estranho, antes do sol se pôr. As costas em carne viva do preto velho ainda nem tinham chegado ao chão quando começaram a atirar nas casas animais crianças. Mãinha só ficou viva porque estava dentro da escola varrendo o chão e, ao ouvir tiros e gritos, ela se enfiou dentro de um armário e segurou a porta por dentro, agarrou o prego da maçaneta com tanta força que a mão sangrou, passaria a vida inteira se odiando por ficar calada enquanto ouvia o horror do lado de fora, mesmo sabendo que não havia nada que pudesse fazer além de criar uma cicatriz pequenina-quase-invisível na palma da mão, existem alguns momentos na vida em que nós temos a mesma importância que uma formiga no chão da cozinha, e aquele era um deles.

Foi só de noite que teve coragem de abandonar o abrigo, mas parte de Mãinha preferia ter ficado dentro daquele guarda-roupa pra sempre. Quando saiu da escola, pensou que as montanhas tinham andado, bem pertinho havia cumes difusos, rodeados pela escuridão da noite. Mas daquelas serras não vinha cheiro de terra molhada, e sim de ferro bosta cinzas couro. Teve medo, mas sabia que precisava chegar mais perto, precisava ver aqueles montes. Seguiu o som das moscas varejeiras, até que, em um ponto iluminado pela luz do luar, viu o inseto pousar na palma de uma mão, uma mão que escapava do novelo dos corpos da família, quebrados e empilhados um sobre o outro. A expedição sequer se deu ao trabalho de enterrar os mortos, deixaram todos ali, pirâmide de cadáveres ao relento por dias e dias, apodrecendo e sendo comidos por abutres, porque para a expedição era mais importante dar exemplo que fim digno aos derrotados. Mãinha nunca chegou a encontrar os pais no meio dos corpos. Ao contrário do preto velho, dono de uma morte que foi lembrada e falada por anos, eles eram só mais dois na multidão, mortos sem cerimônia, sem atenção.

Mãinha foi embora daquela terra, antes um paraíso, agora amaldiçoada. Levava apenas um vestido sobre os ombros e os livros de cavaleiros e princesas embaixo do braço, era a única coisa que encontrou preservada, sempre imaginou que os brancos encontraram o livro inacabado do preto velho e, ao verem letras que não entendiam, queimaram aquelas folhas sem cerimônia, ao passo que decidiram poupar os volumes com desenhos de dragões donzelas nobres em armaduras, esse era o destino das letras conhecidas, elas podiam até não ser entendidas, mas eram temidas. Essas histórias que carrego no meu sovaco molhado nunca me pertenceram, mas agora são tudo o que tenho, Mãinha pensou caminhando sozinha e sem rumo embaixo de um sol de tostar coco, e agora minha única escolha é fazê-las parte de mim, pelo tempo que for necessário. Construiu sua morada no lugar onde eu cresci, onde Clarinha morreu, onde esmurrei minha barriga tentando me livrar de Natã, sabia que ninguém ia se importar com ela ali, naquela terra seca e dura era livre para viver, passar fome e morrer.

Mãinha deitou na cama, cansada de lembrar aquilo que passara uma vida tentando esquecer. Eu cobri a mulher que antes via como monstro a tocar os céus, mas agora era do tamanho de um bebê abraçando as pernas. Ela nunca pediu perdão por nada, explico a Hercília quando ela pergunta se era por isso que Mãinha tinha me contado a história. Eu também nunca cobrei desculpas, explico fechando a velha mala. Tudo o que fiz foi perguntar por que ela nunca deitou aquele relato no papel.

Certas coisas não devem ser gravadas em uma língua que é nossa, mas ao mesmo tempo não é, Mãinha respondeu. Elas devem ser contadas, porque quando isso acontece, elas ficam vivas para sempre, uma história como aquela nunca iria, nem deveria morrer, sempre precisaria ser dita de outro jeito, chegando o mais perto possível de cantar nossa alma.

Porque aquele era o melhor jeito de seguir em frente.

Transformar uma história que não é sua em sua.

Toquei a testa dela, deixando que Mãinha sentisse meu calor enquanto lutava contra a doença que em breve voltaria a ocupar sua mente. Perguntei-lhe o que eu deveria fazer quando ela se fosse, mais cedo ou mais tarde ia acontecer. Mãinha abriu os olhos de jabuticaba madura, olhou para a janela onde as nuvens se espreguiçavam, na dúvida se queriam chover ou não, e disse que eu sabia onde ela queria descansar.

Mãinha tinha razão.

Eu sempre soube.

DESENHOS

Perguntas são mais importantes que respostas. Hercília não escondeu a frustração quando declamei o mantra que vinha usando para justificar o fim da minha investigação, lema que me dava falsa tranquilidade por essa história não encontrar desfecho. O tremor nas rugas ao redor dos olhos já dizia tudo. Não reduza a vida de Divina ao seu avô, Hercília insistiu. Ela foi mais que isso.

Não tive notícias dela até hoje, quando meu celular apitou preguiçoso pela manhã. Estiquei a mão com tanto sono que ele caiu no chão, e, ao me agachar ainda meio acordando para pegá-lo embaixo da cama, virei a tela na minha direção. Uma mensagem de Hercília. Era uma foto, e, assim que a vi, soube que era Divina.

Pelas minhas contas, devia ter sessenta anos naquela imagem em preto e branco. O rosto, duro e retalhado por linhas de expressão que cicatrizavam na testa, ocupava quase toda a foto. Em um primeiro momento, daria para dizer que era severa, impressão que se desfazia nos seus olhos, serelepes e arteiros. Pintinhas se reuniam ao redor das bochechas, e rareavam à medida que chegávamos na boca entreaberta, os dentes começando a se assanhar, abrindo alas para um sorriso, que realçava a sensação de que aquela mulher ainda carregava dentro de si algo de criança sapeca. A partir do queixo, o foco sumia, mas o pescoço e o peito nu, encostados contra uma manta que parecia florida, indicavam que ela estava deitada na cama, em um momento de intimidade. Divina agora tinha um rosto. Um rosto lindo.

As próximas mensagens de Hercília vieram de uma vez só, em cascata. Dizia ter encontrado aquela foto ao revirar algumas caixas de memórias — pouco se importando que o vinco na metade do papel deixava claro que a imagem fora guardada por anos e anos, quem sabe dentro de uma carteira que a velha amiga da minha bisa sempre teve por perto. A próxima mensagem já perguntava: Quanto tempo dura uma gravura na casca de uma árvore? Segundo Hercília, ela também se lembrou de que, quando se sentia triste ou reflexiva, Divina ia até a mangueira nos fundos do quintal e talhava desenhos no tronco por horas e horas a fio. Num sinal de respeito ao momento de privacidade, nem Hercília nem ninguém jamais reparou nos rabiscos que minha bisavó fazia. Mas, se é que aquela árvore ainda existia, e se é que aquelas gravuras continuavam ali, não era apenas meu direito vê-los. Era uma obrigação que eu tinha perante a bisa.

* * *

Ligo para a igreja, a mesma que está no velho terreno da família, onde anos antes existia a loja do meu avô e, antes disso, a casa de Divina. Faço isso no susto, meus dedos foram mais rápidos que a cabeça, a mesma que ouve um primeiro *tummm* do outro lado da linha e já começa a rezar, por favor, ninguém atenda; *tummm*, o melhor é insistir mais um pouco, só para poder dizer que tentei ligar mas não era para ser; *tummm*, mesmo que alguém atenda, não há chance alguma dessa árvore ainda estar lá, vão me responder com uma indisfarçável pitada de dó; *tummm*, então por que diabos eu não consigo simplesmente desligar o telefone?

Alô, uma voz tímida atende do outro lado da linha.

Gaguejo. Não pensei em como começar a conversa. Só pergunto toda desajeitada se a mangueira ainda está lá, foi minha bisavó quem plantou.

Um tempo de silêncio. O homem ao telefone pergunta se meu nome é Clara. Estava esperando minha ligação.

* * *

Perto do córrego, ainda existia uma árvore mais velha que o templo, o pastor me garantiu antes de pedir que eu fosse visitá-la no dia seguinte, quando ele me daria todo o tempo do mundo para vê-la.

Desço do carro e vejo um rapaz de não mais que vinte anos me esperando na curva da calçada. Veste uma camisa impecavelmente passada, o cabelo em coque cheira a morango e cupuaçu. Mal consegue me cumprimentar direito, seu celular não para de tocar com alguma urgência da igreja. Parece uma das pessoas mais ocupadas do mundo, então pergunto por que fez questão de cavar um espaço na agenda para me atender?

O pastor se apoia no muro. Alisa a barba perfeitamente desenhada em um degradê entre pelos e pele, brinca com um único fio branco que se estica para fora do conjunto. Admite que, quando finalmente teve coragem de perguntar a Dona Elizabete por que ela vinha àquela igreja todo dia só para ficar parada em silêncio na entrada, sem saber, minha mãe respondeu uma curiosidade que ele sempre teve. O falecido pai do pastor, criador daquela congregação, comprou o terreno quando ele ainda era bebê de colo. Por isso, desde que se dava por gente, todos os domingos algumas mulheres paravam na rua da frente. Não faziam nada mais que observar a casa, às vezes por horas, às vezes minutos. Vinham com filhos, netos ou sozinhas. Apontavam a construção, cochichavam ao pé do ouvido de quem as acompanhasse, e iam embora sem falar nada, como se nunca tivessem existido.

O pastor chegou a pensar que as mulheres eram espíritos, mas seu pai apenas ordenava que ele não pensasse nelas e seguisse com a vida. Foi o que ele tentou fazer. Até que um dia a curiosidade foi maior. Devia ter uns sete anos quando atravessou a rua num único fôlego e perguntou a uma das mulheres o que elas tanto olhavam.

A mulher, uma senhora de cabelos brancos, quadris largos e olhos pequenos, só respondeu que aquela tinha sido a Casa de Didi. Falou aquilo e foi embora, sem mais olhar para o rosto da criança curiosa. Na época, o pastor não entendeu quem era aquela pessoa, nem quem era Didi. Mas meses atrás, quando Dona Elizabete lhe contou a história do lugar, compreendeu por que as mulheres vinham até ali. E, por mais que não vá fingir aprovar ou entender por que minha bisavó fez o que fez, o olhar daquela senhora que lhe respondeu anos atrás, direcionado a um velho conjunto de tijolos e cimento que em breve ia ser reformado, mas repleto de um afeto e um orgulho difíceis de descrever, o comovia. E, pelo que ele havia escutado de Dona Elizabete, Divina era a razão daqueles olhos serenos e transbordando de amor. E isso ele respeitava profundamente.

Fungo meu nariz. Alego que estou querendo gripar, para disfarçar que me comovo e começo a lacrimejar com a história. Eu me lembrava das mulheres que apareciam na frente da loja do meu avô aos domingos. Minha família brincava que estavam lá para cobrar o que Natã devia, e eu tentava ao máximo esquecê-las. Mas agora que, como aquelas mulheres, eu também ia fazer uma peregrinação para honrar o lugar onde Divina viveu, amou e foi amada, aquele fato me acalentava. Me preenchia.

* * *

O sensor de aproximação faz a porta de vidro fumê se abrir. O ar gelado da igreja me atinge com tudo. Me abraço para me esquentar. Essa não é só a primeira vez em anos que entro naquela casa onde eu e meus primos passávamos as férias. É também a primeira vez que estou aqui desde descobrir que ela havia sido o bordel da minha bisavó. Cruzo o enorme corredor rodeado de fileiras e fileiras de cadeiras longarinas com estofado vermelho, o mesmo lugar onde eu e meu irmão roubávamos restos de cortina para fingir que éramos personagens de *As mil e uma noites*, nosso livro favorito. Consigo me ver também, anos e anos antes de nascer, no meio de outras mulheres, quem sabe as mesmas que décadas depois impressionariam o jovem pastor, nós todas no lugar onde hoje há um quadro com a ressurreição de Cristo; nós todas com os braços apoiados no batente da janela que existia no lugar da pintura; nós todas lançando olhares e convites para os homens que passam na rua. Há um bom tempo, só conseguia pensar nos últimos dias da bisa. Mas agora, pisando no chão da minha infância, pela primeira vez sabendo que ela havia construído aquela casa, só consigo me perguntar se eu conseguiria me reinventar como Divina; se, diante da perspectiva de passar fome, eu também não teria medo de me apoiar no parapeito da janela; se, por uma vontade de continuar existindo, maior que qualquer pudor ou medo, eu também me remontaria e criaria um afeto que sobreviveria ao tempo. Pela primeira vez, eu não pensava em como a bisa teria morrido, e sim em como ela viveu; não no que ela perdeu, mas no que ela conquistou.

Chego ao quintal. O trepa-trepa, a roda-viva e as gangorras nos quais os filhos dos fiéis brincam são novidade. Mas, passando as crianças que gritam e correm aproveitando o fim de tarde, lá está o antigo ipê, salpicando o chão com as mesmas pétalas amarelas que na minha cabeça de criança iriam adoçar o chá de hortelã, mas que na verdade só tinham um gosto intragável. Ao fim do corredor de árvores, a mangueira encara um córrego que brilha à luz do sol poente, como se estivesse me esperando.

Mal termino a primeira volta ao redor do grande tronco e vejo, talhado na madeira, um coração atravessado por uma flecha. Deixo meus olhos e mãos se perderem pela árvore, admirando os desenhos das pequenas estrelas e sentindo as diferentes texturas das pessoinhas-palito que, tenho certeza, foram desenhadas por Divina; até que meus dedos tocam uma inscrição que avisa: a Clara tem chulé. Eu devia ter oito anos quando meu irmão tomou uma bronca por escrever aquilo e me fazer chorar. A empolgação por encontrar a árvore foi tanta que nem parei para lembrar que já a conhecia. Nós costumávamos desenhar naquele tronco, muitas vezes em cima de gravuras já existentes, criando um rosto em um sol ou transformando uma rosa num microfone. Todos achavam que isso era uma brincadeira de primos, uma forma de sacanear o outro pervertendo o que ele havia feito. Nunca passou pela nossa cabeça que aqueles eram os traços da bisa, porque para nós aquela casa simplesmente não existia antes de estarmos no mundo.

Sento no chão e apoio a cabeça no tronco da árvore plantada por Divina, depois rabiscada por seus netos e bisnetos. Não sei se ela iria se sentir feliz por saber que pessoas da família viveram e ocuparam a casa que ela construiu ou triste porque outra parte da sua memória fora apagada. Só sei que, à medida que uma brisa quente corre por minha nuca, sinto a presença de Divina. Quase um século depois, aquela casa estava de pé. E isso não era o suficiente. Mas também não era pouco.

Deito a cabeça sobre uma raiz saliente da mangueira. Tiro os sapatos. Coloco meus pés na água gelada do córrego.

MANGA

A água corre pelos meus dedos e se perde no horizonte, onde se mistura com o céu. Assim que o dia acabar, Natã vai me buscar, e vamos viajar algumas horas até seu sítio. Eu deveria subir e esperar meu filho na sala. Mas agora tudo o que importa é ficar aqui, a cabeça deitada na raiz mais exibida dessa árvore, sentindo a presença dela. Deles.

Quando Clarinha morreu, Mãinha não explicou nada. Só falou que o anjinho deveria ser deitado junto ao Saulo, perto das raízes do velho e fraco pé de manga que sabe-se lá como sobrevivia perto da casa. Eu aceitei, porque naquela época só podia fazer isso, acenar e deixar a vida acontecer. Só fui ver estranheza na ordem-pedido no dia do passarinho assanhado, quando Mãinha, após falar que eu sempre soube onde ela queria ser enterrada, pediu que eu pegasse sua mala embaixo da cama. Abriu-a e me mostrou, aquecido dentro de uma camisa embrulhada, um caroço de manga seco. Aquela semente carregava o peso do mundo inteiro, Mãinha explicou com calma, preocupada que eu entendesse direitinho o que ela esperara a vida inteira para dizer. Fora colhida da mesma árvore onde meus dois amores descansavam e devia ser plantada no meu quintal, onde eu achasse que ela teria mais chance de prosperar.

Peguei o bago e não senti o peso do mundo. Era só um grão branco e esfiapado, do tamanho da minha mão. Deixei ele ao meu lado na cama, e pela primeira vez perguntei por que Mãinha quis que meu homem e minha filha descansassem junto ao pé de manga.

Seus olhos perdiam uma batalha contra o sono. Devia saber que, caso se permitisse dormir, a doença ia voltar e destruir a mente dela de vez. Deixou as pálpebras caírem e puxou o ar com força, o peito parecia que ia levantar voo. Soltou o ar, deixou pousar na cama seu esqueleto revestido por uma pele cansada e, agora que encontrara um último fôlego, falou devagar, como se sonhando. Quando ela fez a viagem indo embora do paraíso à beira do rio, onde os corpos dos seus estavam amontoados feito animais, carregou consigo uma manga meio amassada, a única fruta que sobrevivera aos tiros-fogo-facões. Pouco depois de começar a caminhada, sentiu fome. Comeu a manga e atirou os restos ao chão de qualquer jeito, quem ia se importar com uma semente jogada em um descampado onde o sal brotava da terra? Continuou a andar sem rumo, como os seus tinham feito quando ela era bebê. Usava os livros de cavaleiros como travesseiro quando cansava, roubava comida quando podia, passava fome quando não podia. Sentia que ia caminhar em círculos, até o dia em que suas pernas se recusassem a continuar. Na verdade, queria que isso acontecesse, tamanho foi o alívio quando finalmente se deitou no chão e dormiu por quanto tempo?, dois, três dias? Acordou toda craquelada, pele esturricada, ossos frágeis como porcelana, vista queimada. Esfregou os olhos com as palmas das mãos empoeiradas e, quando conseguiu enxergar, olhou para cima. O sol se esticava todo pelo azul infinito rindo da sua cara, aquela criatura tão pequena que queria morrer, mas estava à mercê do astro vaidoso no topo do céu. Um som fraco começou a sair de sua garganta enferrujada e foi ganhando força até virar um grito que se perdeu no nada. Por que ela tinha ficado viva, sozinha, carregando no lombo a memória não só de tudo que sua família tinha sido, mas também do que poderia ser?

O pescoço tombou cansado, uma folhinha de nada amorteceu a queda e acariciou a sobrancelha de Mãinha. Era um brotinho de manga. Estava no mesmo lugar onde havia atirado o caroço. No meio do nada, na mesma terra de onde brotava sal, onde ela ia sofrer para plantar uma mísera batata-doce nos próximos anos, uma nova vida fazia questão de nascer.

Foi por causa daquele pé de manga que ela foi em frente.

Foi por causa dele que Mãinha construiu o lugar que nós chamávamos de casa por falta de palavra melhor, porque aquelas paredes de barro eram ao mesmo tempo menos do que um lar e, ao mesmo tempo, muito mais.

Foi por isso ela quis que Saulo e Clarinha fossem enterrados aos pés daquela árvore, e foi por isso que ela trouxe aquela semente na mala.

Por que ela carregava não só meus dois corações, mas os corações de todos os nossos, toda a sua dor, toda a sua luta, e Mãinha tinha certeza que era isso que tinha feito a árvore brotar.

Ela colocou o caroço de novo na minha mão. Agora sim tinha ao mesmo tempo o peso de nada e do mundo inteiro.

Me enterre ao lado dessa semente. Deixe eu fazer parte da nova árvore que vai nascer, a árvore que ninguém, a não ser você e eu, vai saber que carrega a história de toda a nossa família.

Termino um desenho para Mãinha no tronco do pé de manga. As estrelas já tomaram conta do céu escuro. Na frente do portão, Natã buzina. Mas ele vai ter que esperar mais um pouco. Antes de ir embora para sempre, preciso fazer uma última coisa.

Enterrar esse caderno.

Ele vai ficar aqui, dentro dessa lata de biscoitos, embaixo da raiz assanhada que se estica para fora da terra. Porque agora eu não me importo com o que vai acontecer com esse corpo. Mas minha história, ela vai descansar para sempre ao lado de todos os que vieram antes de mim.

Por que ela não foi feita para ser lida.

Ela pertence a mim. Apenas a mim e à terra. Terra agora dona do meu ser, pronto para encontrar outras letras que possam cantar minha alma. E se um dia a minha história assim escolher

Da terra eu hei de surgir.

Gabriel Jubé

nasceu em Goiânia (GO) em 1989 e atualmente reside em São Paulo. Roteirista com formação no curso de Midialogia pela Universidade Estadual de Campinas, já colaborou com a escrita de longas-metragens e diversas séries de TV dos mais diversos gêneros e formatos. *Divina* é o seu romance de estreia.

este livro foi editado

no inverno

de 2024